Une si douce parenthèse

MIRANDA LEE

Une si douce parenthèse

Traduction française de
ANNE DAUTUN

Azur

HARLEQUIN

Collection : Azur

Titre original :
THE TYCOON'S SCANDALOUS PROPOSITION

HARPERCOLLINS FRANCE
83-85, boulevard Vincent-Auriol, 75646 PARIS CEDEX 13
Service Lectrices — Tél. : 01 45 82 47 47

www.harlequin.fr

ISBN 978-2-2804-1286-5 — ISSN 0993-4448

1.

Debout près du futur marié, Blake se demandait ce qu'il faisait là, témoin et garçon d'honneur d'un mariage dont il savait qu'il ne durerait pas. Ce n'était qu'une question de temps ! Il avait essayé de raisonner Lachlan, mais rien n'avait pu le dissuader. Pas même le fait que Blake s'était lui aussi marié au même âge — vingt-quatre ans — et que cette union n'avait pas tenu six mois.

Au moins, la mariée n'était pas une actrice, pensa Blake, dans un regain d'optimisme. Et le mariage, de nos jours, ne nuisait plus à la popularité d'une vedette de cinéma. L'époque était révolue où ceux qui tiraient les ficelles à Hollywood dictaient à une star qui elle pouvait épouser. Et à quel moment.

L'émergence des réseaux sociaux virtuels avait changé tout cela. Le public n'était jamais rassasié des liaisons des célébrités. Il raffolait des ruptures et des divorces, de tout ce qui avait un parfum de scandale. Telle était la vie sous la lumière des projecteurs.

Heureusement, Blake n'était pas aussi exposé — même s'il attirait un peu plus l'attention des médias depuis qu'il avait déménagé Fantasy Productions de Sydney à Los Angeles, quinze mois auparavant. Les réalisateurs et producteurs de films — même s'ils avaient autant de succès et de fortune que lui — ne faisaient pas la une autant que les acteurs. Surtout les acteurs tels que Lachlan, avec sa beauté charismatique, son corps musclé et ses yeux bleus de tombeur. Son charme juvénile remportait tous les suffrages.

Blake avait repéré le potentiel de Lachlan en assistant à un spectacle de l'INDA, l'institut national d'art dramatique. Il lui avait aussitôt fait signer un contrat. Et la suite, selon la formule consacrée, appartenait à la légende. Trois ans et quatre films plus tard, Lachlan était une star confirmée, et Blake, le scénariste, réalisateur et producteur le plus en vue d'Australie.

Il soupçonnait, cependant, que leur association touchait à sa fin. Tôt ou tard, quelque événement — tel ce mariage, par exemple — pousserait sa vedette à passer à autre chose.

— La voilà, murmura Lachlan.

Le regard fasciné du futur marié se porta, au-delà des invités déjà assis, vers le grand escalier courbe que la mariée devait descendre, puis sur le vaste espace occupé par plusieurs rangées de sièges séparées par un long tapis rouge. Suivant la direction du regard de Lachlan, Blake repéra un nuage blanc sur le palier de la galerie : robe blanche, cheveux blancs, fleurs blanches. Derrière la mariée, tenant la longue traîne, s'affairait l'unique demoiselle d'honneur, en toilette vert jade. Blake ne la distinguait pas nettement et ignorait qui elle était. Il n'avait pas non plus rencontré la future épouse. Il avait été trop pris par son dernier film et divers projets pour regagner l'Australie afin d'assister aux fiançailles de Lachlan et n'était arrivé à Sydney que la veille, tard dans la nuit.

La seule contribution de Blake à ce mariage avait été de convaincre son ami et associé d'affaires, le milliardaire Byron Maddox, de prêter sa ravissante demeure en front de mer pour la noce et la réception. La salle initialement prévue avait brûlé six semaines plus tôt, et Lachlan, agacé par les coups de fil hystériques de sa fiancée, lui avait demandé de l'aide. *Loués soient les amis fortunés !*, pensa Blake en gratifiant ses hôtes, Byron et son épouse Cleo, d'un regard reconnaissant. Comme ils lui répondaient par un sourire, il sourit à son tour. Si un homme et une femme étaient faits l'un pour l'autre, c'étaient bien ces deux-là ! Ils l'auraient presque convaincu que l'amour véritable existait !

Enfin, la musique se fit entendre. Non pas une traditionnelle marche nuptiale, mais une version au piano romantique du folksong *The First Time Ever I Saw Your Face.*

Ce fut alors que la demoiselle d'honneur en vert jade, décrivant un arc de cercle derrière la future épouse au physique de poupée Barbie, apparut aux regards. Surpris, Blake haussa les sourcils. Elle ne possédait pas une beauté étourdissante, mais elle était extrêmement séduisante. Grande, dotée d'une silhouette élancée et d'un teint crémeux qui faisait merveille avec le style de sa robe dénudant ses épaules, elle avait une chevelure châtain doré, ramenée en arrière de son haut front et retombant en souplesse dans le dos, maintenue par une simple couronne de fleurs roses et blanches. Mais son visage, surtout, retint l'attention de Blake — un visage très photogénique !

Blake avait l'habitude de regarder les êtres comme à travers un objectif. C'était chez lui une seconde nature, et cela ne faisait de mal à personne, après tout. Personne ne savait ce qu'il pensait, aussi n'éprouva-t-il aucun sentiment de culpabilité en continuant à jauger le physique de la demoiselle d'honneur. Elle n'avait pas un petit nez de starlette, mais il s'harmonisait avec ses traits, lui conférant du caractère. Elle n'avait pas non plus ces lèvres gonflées et figées par le botox qui faisait fureur à Hollywood. Elle avait à vrai dire une assez grande bouche, mais bien dessinée. Et expressive. Tout comme ses yeux en amande.

Blake se rembrunit en notant la tristesse de leurs prunelles brunes alors qu'elle descendait avec raideur le grand escalier. Une certaine tension accompagnait cette tristesse, remarqua-t-il. Elle crispait les doigts autour du petit bouquet de fleurs blanches et roses pressé contre sa taille.

Elle atteignit enfin la dernière marche. À cet instant, elle prit une profonde inspiration, comme si elle tentait de rassembler son courage. Ce geste le toucha, éveillant en lui un élan de compassion qui n'était guère dans son caractère. Il y avait dans ce mariage quelque chose qui la perturbait.

— Qui est la demoiselle d'honneur ? murmura-t-il pour n'être entendu que de Lachlan.

— Pardon ? Oh ! c'est Kate. La sœur de Maddie.

— La sœur aînée ?

— Aînée ? Oui. Maddie est incroyable, non ? s'exclama Lachlan, visiblement ébloui par la beauté de sa future épouse qui demeurait au sommet des marches, attirant à elle tous les regards.

Pas celui de Blake, cependant. Il était plus que las des blondes façon poupée Barbie. Il n'avait d'yeux que pour la demoiselle d'honneur, avec son allure naturelle et ses yeux ravissants — hélas, si tristes.

Elle releva le menton alors qu'elle effectuait son premier pas dans la travée improvisée, se concentrant sur ce court trajet qui paraissait si difficile pour elle. Elle semblait à présent figée, tel un robot privé de sentiments. Mais cela ne signifiait pas qu'elle n'en avait aucun.

Blake se surprit à penser : *Souris donc, mon cœur. Ne laisse pas voir aux autres que tu souffres. Ne donne pas aux gens la possibilité de te faire encore plus mal.*

Car ils le feraient, si elle leur en laissait la possibilité. Les gens pouvaient se montrer cruels, surtout lorsqu'ils sentaient une vulnérabilité. Heureusement, personne ne la regardait. Tous fixaient la future mariée, sur le point d'atteindre le bas de l'escalier. Un nouvel air retentit, *Isn't She Beautiful ?* Et certes la mariée était belle à tomber. Même Blake devait le reconnaître. Mais ce genre de beauté était superficiel, avait-il découvert.

Comme celle de Claudia…

Cette pensée ne le blessait plus autant qu'autrefois. Mais il n'avait pas oublié les leçons qu'il avait tirées de son seul et unique mariage. *De grâce, ne crois rien de ce que racontent ou font les jeunes actrices ambitieuses. Couche avec elles, certes, mais ne te laisse pas abuser par leurs flatteries et leurs brillants artifices. Et surtout n'en épouse aucune !*

En vérité, le mariage n'était pas pour lui — même avec une non-actrice sans ambition. Son scepticisme sur le pouvoir durable de l'amour romantique mis à part, il n'était pas de l'étoffe dont on fait les maris. Il était trop obsédé par le désir de faire des films. Quel temps cela laissait-il pour une femme, et pour des enfants ? Peut-être envisagerait-il d'avoir l'un et l'autre lorsqu'il aurait quarante ans. Mais il n'en avait que trente-deux. Il avait tout le temps d'y penser…

En attendant, son attention fut de nouveau captée par la séduisante demoiselle d'honneur. Bon sang, elle semblait sur le point de fondre en larmes ! Sa lèvre inférieure tremblait, et on lisait une réelle panique dans ses yeux. Elle ne voulait pas pleurer, c'était clair. Elle se ressaisit juste à temps et inspira profondément.

Blake se demanda ce qu'elle avait en tête. Souvent, les femmes pleuraient aux mariages, mais c'étaient en général des larmes de joie. Il se trompait peut-être, mais il aurait juré que cette jeune femme n'était pas heureuse !

Peut-être Kate — puisque tel était son prénom — savait-elle que sa sœur épousait un séducteur ? Elle avait peut-être des craintes pour le bonheur de Maddie. Eh bien, elle avait raison ! Même s'il ne pouvait pas être certain que telle était l'explication de son air lugubre. Il ne pouvait que le deviner.

Blake se surprenait souvent à spéculer sur les émotions qu'il voyait passer sur le visage de parfaits inconnus. Il avait un grand don d'observation — un talent essentiel pour un scénariste doublé d'un réalisateur. Après tout, les pensées intimes et les conflits émotionnels étaient le fondement de toute bonne histoire.

Il reporta son regard sur Kate. Elle atteignit l'extrémité de la travée, fronça les sourcils avant de se déporter sur la gauche, là où nul ne pouvait voir son visage, exception faite de l'officiant. Et ce dernier n'avait d'yeux que pour la future mariée. À présent, Blake ne voyait plus Kate que de profil. Sa tête et ses épaules s'affaissèrent pendant un bref instant, puis elle se redressa, reprenant le contrôle d'elle-même.

Il en eut le cœur retourné. Et admira son courage. Car, quel que soit le tourment de la sœur de la mariée, elle faisait face. Mais elle semblait fragile, malgré sa bravoure. Blake décida qu'il découvrirait avant la fin de la soirée ce qui la perturbait. Il savait se montrer charmeur, quand il le voulait. Et très doué pour recueillir les confidences. Oui, il extorquerait la vérité à Kate et il espérait bien amener, tôt ou tard, un sourire sur ce visage.

Kate serait tout à fait ravissante si elle consentait à sourire. Déjà, il la trouvait séduisante. Mystérieuse. Et désirable. Infiniment plus désirable que la poupée Barbie !

2.

Kate serra les mâchoires, surprise de se sentir aussi mal. Elle avait pourtant su que ce jour arriverait. Elle avait eu tout le temps de s'y préparer ! Peine perdue, apparemment.

Son bouquet à la main, elle tenta de se vider la tête, mais son esprit refusa d'obéir. Il continuait à tourbillonner, la mettant au supplice. Car tout était fini, n'est-ce pas ? C'était la fin de ses rêves au sujet de Lachlan. Aujourd'hui, l'homme qu'elle aimait épousait sa sœur. Elle ne pourrait plus nourrir l'espoir stupide qu'un beau matin Lachlan comprendrait que Maddie n'était pas celle qu'il lui fallait ; que c'était elle, Kate, qui était faite pour lui. Elle ne pourrait plus fantasmer — comme au cours de leurs trois ans d'études à l'INDA — qu'il finirait par voir en elle une petite amie potentielle et pas une bonne copine, une comédienne.

Kate soupira, puis se raidit : son soupir avait été très sonore ! Même si elle était bouleversée, ravagée, elle s'était juré de ne laisser soupçonner à personne — et surtout pas à Maddie ! — la vérité. Elle y était parvenue jusqu'à ce moment fatal où la musique avait retenti et où elle avait dû aborder l'escalier, sous les regards. Elle s'était alors figée, anéantie par ses sentiments. Elle aurait dû sourire. Mais elle en avait été incapable. Peu importait, du reste. Personne n'avait prêté attention à elle. Personne, sauf l'homme qui se tenait debout près de Lachlan. Blake Randall, le témoin du marié. Il avait continué à la regarder, lui, et à froncer les sourcils, se demandant sans doute pourquoi elle semblait si triste.

Kate aurait aimé lui hurler que sans lui leurs vies auraient suivi un cours différent ! Qu'elle ne serait pas là aujourd'hui, le cœur brisé !

Tu exagères, Kate. Tu as eu le cœur brisé à Noël, lorsque tu as amené Lachlan à la maison pour dîner.

Ils venaient d'obtenir leur diplôme. Les parents de Lachlan étaient partis en croisière pour les fêtes. De plus, il était alors entre deux petites amies, et elle avait cru que c'était sa chance de capter son intérêt. Dans un premier temps, elle avait semblé y parvenir. Lachlan avait bel et bien flirté avec elle en voiture, pendant le trajet entre l'appartement qu'il occupait à Bondi jusqu'à la maison des parents de Kate. Mais tout avait changé dès l'instant où il avait rencontré sa très belle et très exubérante sœur.

Kate avait senti mourir quelque chose en elle lorsqu'elle avait vu que Lachlan paraissait séduit par Maddie. Et si facilement ! À la fin du repas, le quasi-fiancé de Maddie, convié lui aussi, avait été éconduit, et elle était partie avec Lachlan, emménageant chez lui dès le lendemain.

Kate avait eu dix mois pour se remettre de sa déconvenue sentimentale. Dix longs mois destructeurs, au cours desquels sa carrière de comédienne avait stagné. Elle en avait été réduite à travailler le week-end chez un traiteur du quartier tout en se rendant à d'innombrables auditions pendant la semaine. Si elle n'avait pas vécu chez ses parents, elle n'aurait pas pu joindre les deux bouts. Le seul rôle qu'elle avait pu obtenir à l'époque — au théâtre — était un très bon rôle. Mais la pièce n'avait pas eu de succès populaire et, malgré des critiques plutôt favorables, les représentations avaient cessé au bout de six semaines.

Elle avait passé des essais pour divers films et émissions de télévision, hélas sans succès. Elle s'entendait dire qu'elle ne convenait pas tout à fait pour le rôle, n'avait pas le look qu'il fallait, la bonne stature ou Dieu sait quoi d'autre encore. Parfois même, on ne lui donnait aucune raison. Son agent disait qu'elle devait se montrer plus positive lorsqu'elle rencontrait des producteurs et des réalisateurs, mais elle semblait avoir perdu tout esprit de conquête.

En fait, Kate avait toujours été plutôt timide, et les échanges sociaux n'étaient pas son fort. Elle n'avait de véritable assurance que lorsqu'elle jouait, endossait la personnalité d'un personnage exubérant. Si seulement elle avait pu ressembler à Maddie qui avait un don inné des relations sociales et un aplomb inébranlable !

Un léger coup de coude arracha Kate à ses pensées, et elle se tourna vers Maddie. Avec un regard noir, celle-ci lui fourra son bouquet entre les mains, avant de se tourner, rayonnante, vers son futur époux. Kate eut soudain envie de jeter le bouquet par terre et de le piétiner.

Elle ne fit rien de tel, bien sûr. Mais son brusque accès de colère eut un effet positif : elle cessa de s'apitoyer sur son sort, gagnée par la détermination de ne pas gâcher sa vie à cause d'un amour non partagé. Il était grand temps qu'elle surmonte ses sentiments pour Lachlan !

Résolue à faire bonne figure, elle se tourna vers la droite afin de suivre la cérémonie. Elle vit aussitôt que Blake Randall l'avait imitée et la regardait. Ou plutôt, il la fixait, comme s'il cherchait à percer ses pensées.

Si elle les lui avait dites, il en aurait sans doute ri. Elle ne l'avait jamais rencontré directement, mais elle avait vu plusieurs interviews de lui à la télévision. Même s'il avait bâti son éclatante carrière — et sa fortune — en réalisant des films romantiques et des histoires d'amour, elle l'avait trouvé cynique sur ces sujets. Il avait même déclaré à une occasion qu'il ne faisait que répondre à la demande du public.

Bien entendu, Blake Randall avait été un sujet de conversation récurrent parmi les étudiants de l'INDA — surtout après qu'il eut fait de Lachlan une star. Kate savait que Blake Randall avait été autrefois marié à Claudia Jay, une actrice australienne vedette d'un de ses premiers films. Le mariage n'avait pas tenu, et Claudia avait proclamé que son époux l'avait négligée de manière honteuse, une fois la lune de miel terminée. Kate soupçonnait qu'il y avait d'autres raisons à leur divorce, Claudia ayant déménagé à Hollywood peu après la rupture.

Elle ne les prenait certes pas en pitié. À son avis, ils se

ressemblaient. C'étaient des ambitieux implacables, peu disposés à aimer quelqu'un d'autre qu'eux-mêmes. Après son divorce, Blake n'avait cessé de développer sa carrière, tandis que Claudia avait réussi à Hollywood, associant son nom à une série de producteurs et de réalisateurs influents.

Kate, pour sa part, ne rêvait pas de succès hollywoodien, ni même d'une carrière au cinéma. Elle aimait par-dessus tout jouer au théâtre. Mais elle n'aurait certes pas refusé un bon rôle dans un film ou une série télévisée si on lui en avait proposé un !

Elle allait laisser échapper un nouveau soupir, mais se rappela le conseil de son agent, qui lui recommandait de se montrer plus positive. Elle s'avisa que toute autre aspirante comédienne aurait mis à profit le fait d'être présente à un mariage auquel assistait un réalisateur aussi brillant que Blake Randall. Elle n'aurait pas dû ignorer ses regards pleins d'intérêt. Elle n'aurait pas dû rester plantée là à soupirer, aussi lugubre qu'un jour de pluie. Elle ferait mieux de saisir cette occasion incroyable, de sourire et de flirter en se montrant sûre d'elle et disponible, au lieu d'avoir l'air de répéter un rôle pour *Les Deux Orphelines*.

Il suffisait de faire semblant. Ou plutôt, de jouer la comédie. Elle était actrice, non ?

Peine perdue, ces exhortations étaient inutiles. Elle se sentait incapable de sourire. Elle y serait peut-être parvenue s'il avait été d'un abord moins intimidant. Mais son physique correspondait à sa réputation de bourreau de travail tyrannique : une chevelure d'un noir de jais, des yeux bleus perçants enfoncés dans leurs orbites, un nez aquilin et arrogant et une bouche au dessin cruel.

Les médias le disaient beau. Kate le trouvait effrayant. Et terriblement intimidant. Elle n'était pas loin d'abandonner toute idée de lui adresser la parole lorsqu'il lui sourit. Ce ne fut qu'une esquisse de sourire, mais elle fut accompagnée d'un pétillement du regard qui eut sur elle un curieux effet. Il lui insuffla de l'assurance. Elle se sentit très sexy, soudain, ce qui était surprenant, vu que sa libido semblait en berne depuis dix mois !

Sans même y songer, elle lui sourit en retour. Le sourire de Blake s'accentua, ses sourcils se haussèrent, effaçant son air redoutable et le faisant paraître réellement très beau. Il forma une série de mots avec ses lèvres, et elle fronça les sourcils, pas très sûre de déchiffrer son langage muet. Il répéta plus lentement son manège, et elle comprit enfin ce qu'il disait.

« Vous... êtes... ravissante. »

Kate ne sut pas comment réagir et détourna le regard. Elle n'était pas accoutumée à ce que des hommes tels que Blake Randall lui fassent des compliments. Ils craquaient plutôt pour les Maddie de ce monde. Ou pour des actrices éblouissantes comme Claudia Jay. Il était vrai qu'elle apparaissait sous son meilleur jour, mais elle ne pouvait pas rivaliser avec celles qui retenaient d'ordinaire l'attention de cet homme !

Elle se demandait toujours comment se comporter lorsque des applaudissements éclatèrent. La cérémonie était terminée, et Lachlan et sa sœur étaient maintenant mari et femme ! Elle s'attendait à se sentir anéantie, mais il n'en fut rien. La seule pensée qui habitait son esprit était que Blake Randall flirtait avec elle. Quel étrange retournement !

Maddie était dans les bras de Lachlan qui l'embrassait avec passion et, si Kate ne supportait pas de les regarder, elle se demandait pourtant ce qu'elle ressentirait sous les baisers de la bouche virile qui de nouveau lui souriait. Ce large sourire était communicatif, tout comme la lueur ironique du regard de Blake, qui désignait d'un signe le couple en train de se donner en spectacle.

Spontanément, Kate lui rendit son sourire et, soudain, son cœur oppressé se sentit plus léger. Dieu, qu'elle avait été sotte de croire que la terre cesserait de tourner parce que son amour pour Lachlan n'était pas réciproque ! Elle ne manquait pas de raisons de vivre. Il y avait sa carrière, pour commencer. Elle adorait jouer la comédie, entrer dans la peau d'un personnage et faire croire au public qu'elle était cette personne-là. C'était grisant.

Le couple énamouré se sépara, et une Maddie empourprée se tourna vers Kate pour récupérer son bouquet de mariée.

— Quel dommage qu'on ne puisse pas partir tout de suite, grommela-t-elle. Je suis comme une chatte sur un toit brûlant. Oh ! ne me regarde pas comme ça, Katie. Tu sais que j'adore faire l'amour. Et Lachlan est divin au lit.

3.

Oh ! oh ..., pensa Blake, déçu, en apercevant de nouveau le visage de Kate, un instant masqué par la mariée récupérant son bouquet. Envolé, le joli sourire ! L'expression lugubre était de retour. Que diable s'était-il passé dans ces dernières secondes ? Qu'avait bien pu dire la poupée Barbie ? Quelque chose de pas très gentil, apparemment.

Blake savait par expérience que les frères et sœurs n'étaient pas toujours les meilleurs amis. La rivalité et la jalousie les rongeaient, empêchant toute véritable complicité. Son propre frère en était un exemple. James avait toujours été jaloux de lui, et sans raison. Après tout, il était l'aîné et le préféré de leurs parents — d'autant qu'il avait suivi leurs traces, devenant médecin comme eux. Blake, lui, avait été considéré comme le mouton noir : il n'était pas allé à l'université, s'était fourvoyé dans le divertissement, d'abord comme DJ, puis en tournant des clips musicaux avant de se lancer à plein temps dans le tournage de films indépendants à petit budget.

Ses parents et son frère lui avaient prédit un sombre avenir. Et il était révélateur, selon Blake, qu'ils gardent tous les trois un silence blessant sur son succès depuis qu'il avait réussi. Blake en avait été contrarié autrefois. À présent, il s'en moquait. À son avis, ils étaient mesquins, James plus encore que ses parents.

Blake ne voyait guère les membres de sa famille, ne leur rendant visite qu'à Noël ou lors d'occasions particulières. Maintenant qu'il était établi à Los Angeles, il ne se donnerait sans doute pas cette peine. Il se contenterait d'envoyer une carte postale de temps à autre. Il n'entretiendrait plus avec eux de contacts que par réseaux sociaux, messagerie ou téléphone interposés, décidé à ne plus s'exposer à leurs remarques perfides sur son mode de vie ou sur ses films.

Blake n'avait aucune preuve que la sœur de Kate venait de lui faire une remarque déplaisante. Mais ce n'était pas de la jalousie qu'il lisait dans ses yeux bleus expressifs. C'était de la souffrance. Et du désarroi.

Il n'arrivait pas à comprendre pourquoi il supportait si mal de la voir malheureuse. Il n'avait jamais montré beaucoup d'empathie. C'était peut-être parce qu'il la trouvait attirante, et qu'il lui déplaisait de supposer qu'une raison cachée entraverait son entreprise de séduction. En tout cas, Blake n'aurait de cesse d'avoir résolu le mystère du malheur de Kate !

Car c'était un mystère. En apparence, Kate n'avait aucun motif d'être malheureuse. Elle était superbe ! Elle n'avait pas la beauté blonde et tape-à-l'œil de sa sœur, mais elle était très désirable. Bien sûr, la séduction physique n'était pas une garantie de bonheur. Peut-être Kate était-elle morose parce qu'elle n'était toujours pas mariée, contrairement à sa cadette ? L'épouse de Lachlan avait vingt-trois ans, et Kate devait en avoir vingt-cinq ? Certes pas de quoi être considérée comme une vieille fille ! Surtout de nos jours !

— Passons à la suite du programme, Blake, dit Lachlan en le saisissant par le coude : la signature du certificat de mariage.

Alors que le marié le guidait vers la table où étaient disposés les documents, Blake glissa un coup d'œil vers Kate. Elle semblait s'être ressaisie et n'avait plus l'air malheureux. Son visage était dénué d'expression, tel un masque figé. Comment diable y parvenait-elle ? Pour sa part, quand il était bouleversé, tout le monde s'en rendait compte. Ses traits reflétaient ses sentiments, tout comme sa voix.

Il scruta Kate en train d'observer l'heureux couple qui signait le registre, mais son regard n'exprimait rien, ce qui était en soi révélateur.

Quand ce fut leur tour de s'avancer pour signer, il lui fit signe de passer la première. Elle saisit un stylo et signa, avec juste un léger tremblement de la main.

« Kate Holiday », lut-il ensuite, réalisant qu'il avait ignoré jusque-là le nom de la mariée, et donc celui de Kate. Il n'avait pas non plus rencontré les parents de la jeune femme, ni aucun autre membre de la famille. Ce qui était étrange, en vérité, puisqu'il était le garçon d'honneur.

Blake se demanda soudain pourquoi Lachlan lui avait demandé d'être son témoin. Un jeune Australien doté du physique et de la personnalité de Lachlan devait pourtant avoir un meilleur ami, ou un « pote de collège » avec lequel il aurait étudié… Lachlan avait peut-être préféré réserver le rôle de témoin à quelqu'un de célèbre. Il était très sensible à ce genre de choses.

Jusqu'ici, Blake n'avait pas envisagé qu'on se serve de lui — que ce mariage puisse être un coup publicitaire, avec une mariée pour la galerie, un décor glamour à Sydney et un garçon d'honneur riche et célèbre. Lachlan ne valait pas mieux que Claudia, en réalité !

Blake était cependant sûr que le jeune marié déchanterait assez vite, car il n'était pas le grand acteur qu'il croyait être — et disposait d'une palette assez limitée. Lorsque, séduit par les décideurs de Hollywood, il se mettrait à faire des films peu adaptés à son physique et à son charme, sa carrière coulerait à pic. Les Majors ne vous pardonnaient rien devant le verdict du box-office. Les précédents succès de Lachlan dans les films de Blake ne le porteraient pas indéfiniment.

Un sourire narquois effleura ses lèvres alors qu'il apposait sa signature sur le certificat de mariage et s'y attardait encore lorsque Blake posa le stylo et se tourna vers sa déroutante partenaire.

— Eh bien, Kate Holiday, dit-il, nous n'avons pas été présentés dans les règles. Mais vous savez qui je suis, je suppose.

— Oui, bien sûr. Lachlan m'a beaucoup parlé de vous.

— Dans ce cas, vous avez l'avantage sur moi, car il ne m'a rien dit à votre sujet.

Elle parut surprise.

— Ah, il n'a jamais mentionné que nous avions fait nos études ensemble ? Nous étions dans le même atelier, précisa-t-elle, contrariée. Nous avons obtenu notre diplôme en même temps.

— Désolé, il ne m'en a jamais fait part, assura Blake, cherchant à digérer la nouvelle.

Kate était actrice ! Qui l'aurait cru ? Cela dit, cela expliquait en partie son habileté à dissimuler ses émotions. Même si elle ne les cachait pas en cet instant. Elle était bouleversée, c'était clair.

Pour sa part, Blake était perplexe. Pourquoi Lachlan lui avait-il tu que sa future belle-sœur avait suivi les cours de l'INDA en même temps que lui ? Il savait que Blake avait le plus grand respect pour leurs diplômés. Et qu'il était toujours en quête de talents nouveaux — en particulier des actrices avec le visage singulier et intéressant de Kate.

Il se demanda si Lachlan était jaloux de son talent de comédienne. Cela n'aurait pas été surprenant, car il ne supportait pas l'idée qu'on lui vole la vedette. Il était si narcissique !

— Je sais seulement que vous êtes la sœur aînée de Maddie. Sans autre précision.

— J'ai vingt-cinq ans, avoua Kate, presque comme si c'était un crime.

Vingt-cinq ans, c'était un bon âge pour une comédienne, pensa-t-il. Quant au reste… Le fait qu'elle soit actrice ne diminuait en rien son désir pour elle. Elle le rendait plus vif, au contraire. Soudain, il se mit en tête de pousser la carrière de Kate. Blake devinait qu'elle n'avait pas décollé, puisqu'il n'avait jamais entendu parler de Kate Holiday. Il aurait connu son existence, si elle avait fait quelque chose de notable. Il était toujours à l'affût des stars naissantes.

Alors que le photographe zélé les guidait vers l'extérieur, et qu'ils dépassaient l'immense tente dressée sur la magnifique propriété de Byron, il s'enquit :

— Dans quoi avez-vous joué, récemment ? J'ai peut-être vu la pièce ou le film.

— J'en doute, répondit-elle. J'ai joué dans une pièce au début de l'année, mais les représentations n'ont pas duré longtemps. J'étais brillante, bien sûr, continua-t-elle avec un sourire d'autodérision, mais pas assez. Un critique a écrit que j'étais « très décorative ».

Blake se mit à rire.

— Et vous l'êtes, dit-il. Très.

Elle parut interdite, et rougit. Jouait-elle ou était-elle sincèrement surprise par son compliment ? se demanda-t-il, avant de décider qu'il se fichait de la réponse. Cette femme l'amusait. Et l'intriguait. Il prendrait plaisir à mieux la connaître, ce soir. Et à égratigner l'ego de Lachlan en stimulant la carrière de Kate. Il allait lui proposer un rôle dans un de ses prochains films. Rien de trop important. C'était une inconnue, après tout.

Bien entendu, Blake escomptait que son aide soit accompagnée d'un bonus : la mener jusque dans son lit dans un proche avenir. Ce qu'il désirait bien plus que cela ne lui était arrivé depuis longtemps. S'il aimait les conquêtes, il n'avait rien d'un accro au sexe. Il pouvait s'en passer quand il travaillait jour et nuit — ce qui avait été son rythme pendant plusieurs semaines, lors du bouclage du dernier film de Lachlan.

Il n'était pas impossible que sa période d'abstinence ait déclenché le violent accès de désir qui le tourmentait en ce moment. Avec un peu de chance, rien ne s'opposerait à ce que Kate réponde à ses avances. Le seul obstacle éventuel était un petit ami. Ou pire, un fiancé. Ayant glissé un coup d'œil furtif à la main gauche de Kate, il constata qu'elle ne portait aucun anneau. Tant mieux. Il pouvait gérer un petit ami. Mais un fiancé, c'était une autre paire de manches.

— J'appréhende cette séance photos, marmonna Kate alors que le photographe les disposait en groupe sous la gloriette du jardin, avec l'océan en toile de fond.

— Je ne vois pas pourquoi, dit Blake. Vous êtes sûrement très photogénique.

Même si elle n'était pas la meilleure actrice du monde, elle crèverait l'écran, il en était sûr.

— C’est gentil.

— Ce n’est que la vérité. Je ne dis jamais de choses juste pour être gentil.

Pas jusqu’à ce soir, en tout cas… Pour quelque raison inconnue, étrange et merveilleuse à la fois, Blake était enclin à se montrer bienveillant envers Kate. Et ce n’était pas seulement parce qu’il avait envie d’elle. Dès qu’il avait posé les yeux sur son visage attristé, il s’était senti pousser des ailes d’ange. Ce qui était inhabituel. Car avec les femmes, Blake n’avait rien d’un galant homme — surtout depuis la trahison de Claudia.

À vrai dire, il pouvait se montrer cruel avec le sexe opposé. Surtout s’il avait affaire à une ambitieuse jeune actrice prête à se donner à lui — non pas en raison d’une attirance sincère, mais parce que en partageant son lit elle boosterait sa carrière.

Kate était différente, pourtant. En tant que femme. Et en tant qu’actrice. Il lui avait donné toutes les occasions de flirter avec lui, de le flatter, mais elle n’avait tenté ni l’un ni l’autre. Il aimait ça. Cela lui plaisait même énormément.

— La demoiselle d’honneur veut-elle consentir à sourire ? lança le photographe, impatienté. C’est un mariage, pas un enterrement.

4.

Mais si, c'est un enterrement ! faillit gémir Kate. C'était la mort de son rêve d'épouser un jour Lachlan. Kate n'aurait jamais dû l'amener à la maison ! Mais elle avait cru ne courir aucun risque, puisque Maddie était pour ainsi dire fiancée. Comment aurait-elle pu savoir qu'ils tomberaient amoureux fous au premier coup d'œil ?

Redescends sur terre, espèce de sotte. Cela n'aurait rien changé. Avant de connaître Maddie, Lachlan a eu trois ans pour s'intéresser à toi. Mais il ne t'a pas prêté attention ! Il ne s'intéresse qu'aux belles blondes hautaines et qui croient que tout leur est dû. Cette description ne te correspond pas, ma pauvre fille. Mais alors, pas du tout !

Un bras ferme et viril se glissa soudain autour de sa taille, l'arrachant à son autoapitoiement. En levant les yeux, elle croisa le regard bleu de son compagnon inattendu.

— Si vous n'arrivez pas à sourire, souffla-t-il, je croirai que vous n'êtes même pas capable d'entrer en scène.

Kate redressa alors les épaules et lui octroya un sourire rayonnant. Il était hors de question que Blake Randall la croie incapable de jouer la comédie ! N'avait-elle pas décidé, tout à l'heure, d'essayer de tirer profit de cette rencontre ? Il serait stupide de dédaigner un homme aussi influent, avec autant de relations. Si elle ne pouvait pas avoir l'amour de Lachlan, elle pouvait du moins avoir une carrière !

— Voilà qui est mieux, dit Blake, souriant.

De nouveau, comme un instant plus tôt, le moral de Kate

remonta de plusieurs crans. Elle n'arrivait pas à comprendre pourquoi Blake s'intéressait à elle. Mais à cheval donné, on ne regarde point les dents !

La séance de photos fut tout de même une épreuve pour elle, car elle dut la plupart du temps rester à l'écart avec Blake tandis que Maddie et Lachlan étaient photographiés dans toutes sortes de poses romantiques. Maddie avait avoué à Kate qu'ils avaient déjà vendu les photos de leur mariage à un tabloïd à gros tirage. Ce n'était pas surprenant ! Sa sœur aimait l'argent. Et la célébrité. De ce côté-là, Maddie et Lachlan étaient très bien assortis ; Kate était consciente du goût effréné de Lachlan pour les paillettes.

Elle grimaça presque en le voyant embrasser son épouse rougissante pour la énième fois. Si elle avait été seule avec Blake, elle aurait pu se distraire en parlant cinéma avec lui. Mais le sort n'avait pas cette clémence ! Ses parents se précipitaient à présent vers eux, demandant à être présentés, s'extasiant sur les mariés.

Blake saisit soudain Kate par le bras et lança :

— Veuillez nous excuser, nous devons parler à Byron.

Sans autre explication, il entraîna au loin une Kate plus que soulagée.

— Ils sont toujours comme ça ? grommela-t-il en prenant deux coupes de champagne sur le plateau d'un serveur de passage, avant d'en tendre une à la jeune femme.

— C'est-à-dire ?

— En extase devant votre sœur comme si elle était une princesse de sang royal, précisa Blake. Ils n'ont pas eu le moindre mot sur votre beauté. Il n'y en avait que pour Maddie, la femme parfaite, très chanceuse d'avoir ferré un mari tel que Lachlan.

Là-dessus, il eut un léger ricanement et ajouta :

— Ils n'en diront pas autant dans un an ou deux.

— Que voulez-vous insinuer ?

— Oh ! bon sang ! dit-il en lui décochant un regard penaud. Je ferais sans doute mieux de me taire. Mais vous avez peut-être déjà deviné ce dont je veux parler ?

— Deviné quoi ?

— Qu'en ce qui concerne le sexe opposé, Lachlan ne sait pas se contenir. Le mariage ne l'empêchera pas de séduire d'autres femmes. Je l'ai surpris avec une maquilleuse bien après ses fiançailles avec votre sœur.

Kate n'aurait pas dû être choquée — Lachlan s'était bâti une sacrée réputation au cours de ses années d'études. Pourtant, elle le fut.

— Pauvre Maddie ! gémit-elle.

Et elle vida à moitié sa coupe.

— Si elle l'aime réellement, elle s'expose à un parcours chahuté.

Quelle étrange remarque ! Maddie aimait Lachlan, c'était évident ! Il inspirait l'amour ! Chaque fois que Kate le regardait, elle éprouvait comme un pincement au cœur, un accès de désir éperdu. Alors, elle s'efforçait de ne plus poser les yeux sur lui. C'était moins douloureux pour elle.

Elle allait voir ses films, cependant. Du masochisme, car c'étaient toujours des histoires d'amour qui comportaient au moins une scène de sexe. Mais elle était incapable de résister à la tentation.

— C'est pour ça que vous étiez bouleversée, tout à l'heure ? lui demanda Blake. Parce que vous vous inquiétez pour le bonheur futur de votre sœur ?

Kate le regarda dans les yeux — des yeux bleus qui exprimaient en cet instant une surprenante compassion. Dire qu'elle l'avait toujours pris pour un salaud sans cœur !

— Oui, mentit-elle.

Car comment aurait-elle pu lui avouer qu'elle ne s'était inquiétée que de son propre bonheur ?

Blake lui toucha le poignet.

— Inutile de se tracasser. Qui vivra verra.

Kate ne sut que penser. Elle n'arrivait pas à rassembler ses idées. Comment Lachlan pouvait-il agir ainsi ?

Soudain, elle considéra Blake d'un air rembruni.

— Pourquoi avez-vous accepté d'être le témoin de Lachlan, puisque vous ne l'appréciez guère, visiblement ?

— Ne vous méprenez pas. Je n'ai pas d'antipathie pour

Lachlan. Ce n'est pas un mauvais garçon, mais il est faible avec les femmes qui se jettent à sa tête. Et elles sont légion. Il m'a demandé d'être son témoin, et j'ai accepté. Considérez ça comme un geste professionnel plutôt que comme une manifestation d'amitié. Ce sera une bonne publicité pour notre prochain film.

— Je vois. Et c'est aussi pour ça que vous avez organisé la noce ici ? Parce que c'était un atout publicitaire en plus ?

— Non, je n'y ai pas pensé. Quand le lieu prévu a été ravagé par un incendie, nous avions encore deux semaines de tournage à Hawaii, et il était impossible que la vedette de mon film passe son temps à recevoir des coups de fil hystériques de sa fiancée. Je suis donc intervenu pour tout arranger. Bon, on nous attend sous la tente pour la réception. Nous serons à la même table, mais sans doute pas côte à côte. Pas de chance ! Mais il y aura le bal ensuite. Nous pourrons discuter un peu plus à ce moment-là.

Blake posa une main ferme sur les reins de Kate et la poussa en douceur vers l'entrée de la tente. Ce contact était agréable. Très… rassurant. Et très intime aussi.

Elle risqua un coup d'œil vers lui, et fut surprise de lire dans ses yeux bleus un désir semblable à celui que les hommes éprouvaient pour Maddie. En réalisant que Blake Randall avait du désir pour elle, elle se sentit flattée. Mais aussi très troublée. Ce qui la déstabilisa. Ce n'était tout de même pas… réciproque ? Non, sûrement pas. Elle était troublée, c'est tout.

Et pourtant… Elle coula de nouveau un regard vers lui, se concentrant sur sa bouche. Elle s'était demandé, un peu plus tôt pendant la cérémonie, ce qu'elle ressentirait s'il l'embrassait. Ce serait excitant, décida-t-elle, son pouls s'accélérant soudain. Excitant et dangereux. Très dangereux. Car il ne voudrait pas s'en tenir à un baiser.

Kate savait qu'en théorie l'amour et le désir n'allaient pas forcément de pair. Mais elle n'avait jamais éprouvé l'un sans l'autre. Ses incursions très limitées dans l'univers de la sensualité avaient donc été des désastres. Et elle n'avait pas eu un seul petit ami, ni même couché avec un homme, depuis quatre ans. Comment l'aurait-elle pu, après être tombée amoureuse de Lachlan ?

Pourtant, alors qu'elle fixait la bouche si diaboliquement tentante de Blake Randall, elle ne pouvait pas s'empêcher de penser qu'elle pourrait avoir du plaisir à se donner à lui. Elle n'en ferait rien, bien sûr. Elle n'était pas comme Maddie qui passait d'un lit à l'autre depuis ses seize ans.

D'ailleurs, tu n'as pas réellement envie de coucher avec lui. Tu es flattée de lui plaire, c'est tout. Tu as si désespérément envie qu'on s'intéresse à toi ! Alors, arrête de le dévorer du regard et prends un peu de recul !

Elle détourna les yeux, mais trop tard. Blake avait vu qu'elle fixait sa bouche. Et ses lèvres viriles s'incurvaient en un sourire éloquent.

— La première danse sera pour moi, lui dit-il, une lueur troublante dans le regard. Ne l'oubliez pas.

Kate fut soulagée alors que Clare, l'organisatrice de la noce, les aborde, mettant fin à une situation embarrassante. C'était une quinquagénaire séduisante et élégante, qui se donnait des airs importants.

— Allez-y donc, Kate ! suggéra-t-elle en consultant sa montre. Et vous aussi, monsieur Randall. Nous prenons du retard sur le programme.

Quand elle se fut éloignée pour solliciter d'autres invités, Blake leva les yeux au ciel.

— Quelle femme agaçante, marmonna-t-il, entraînant Kate vers leur table. Elle a eu le culot de demander à voir mon discours pour s'assurer qu'il n'était pas trop long !

— Quelle impolitesse !

— En effet. Au demeurant, je ne lui ai rien montré, vu que je n'ai rien rédigé. Je lui ai juré que je serais le témoin le plus bref de toute l'histoire des mariages. J'ai horreur des longs discours.

— Vous n'allez rien dire de… compromettant, n'est-ce pas ? s'enquit Kate, se mordillant la lèvre.

— Au sujet des infidélités de Lachlan ? Bien sûr que non. Ce n'est pas mon rôle. Ce soir, je dois tourner des compliments, être charmant et drôle, dit Blake, en riant devant la mine dubitative de Kate. Rassurez-vous, je peux être tout cela à la fois s'il le faut. Je suis en fait un excellent comédien.

5.

Blake fut fidèle à sa parole, troussant un discours bref et plein d'esprit, accumulant les compliments flatteurs pour la mariée et les louanges à l'égard du marié et portant pour finir un toast enthousiaste aux nouveaux époux.

Je suis décidément très bon acteur, pensa-t-il en se rasseyant, salué par une salve d'applaudissements à la fin de sa brève allocution. Car il était contraire à son caractère de faire tant d'amabilités. Il n'avait pas menti pour Lachlan, bien sûr, ni pour la mariée, mais pour Kate. Il avait vu que ses révélations sur l'immoralité de Lachlan l'avaient bouleversée.

Il regrettait maintenant d'avoir parlé. Il n'avait abouti qu'à faire grandir l'anxiété de la jeune femme sur l'avenir de sa sœur. Il était patent qu'elle aimait Maddie, même si cette dernière était, de toute évidence, la favorite de leurs parents. Blake se rappela avec déplaisir le discours plein d'effusion du père de la mariée au sujet de sa cadette si parfaite. Écœurant. À la place de Kate, il aurait quitté la salle. Mais elle était restée à sa place, souriante, riant même parfois des anecdotes de son père sur Maddie lorsqu'elle était toute petite.

Kate était généreuse et bienveillante. Ce qui était étrange, vu son choix de carrière. Les actrices débutantes étaient rarement adorables. À moins de faire semblant. Or Blake était sûr que Kate ne faisait pas semblant. Il sourit en pensant à sa poitrine modeste, au fait qu'elle ne portait pas de faux cils. Oui, il n'y avait rien de factice en Kate Holiday. C'était aussi pour cela qu'il la trouvait si attirante.

Et elle aussi le trouvait attirant ! Blake savait traduire le langage secret des femmes, et sa réaction à ses compliments peu subtils ne lui avait pas échappé. Ils lui avaient fait plaisir, mais elle n'avait pas su comment se comporter. Kate ne savait pas flirter.

Au contraire de sa sœur. Ce soir, il l'avait vue à l'œuvre — avec l'officiant, le photographe et… avec lui-même. Elle ne l'avait pas encore abordé. Mais elle avait battu des cils à son adresse, avec un sourire à la fois enjôleur et torride. Elle savait y faire ! Lachlan avait peut-être rencontré son double !

Enfin, le repas s'acheva, et l'heureux couple alla découper l'imposante pièce montée. Blake en profita pour se glisser sur la chaise laissée vide par la mariée afin de parler à Kate.

— Alors, mon discours a-t-il votre approbation ?

Elle sourit, pince-sans-rire.

— Vous avez dit vrai. Vous êtes très bon acteur. Vous n'en pensiez pas un mot, n'est-ce pas ?

— Je pensais ce que j'ai dit sur la demoiselle d'honneur. Le marié ne vous a pas assez rendu hommage. Le bal ne va pas tarder à commencer. J'ai assisté à plusieurs mariages, alors je connais la suite : les nouveaux époux vont ouvrir le bal, puis nous serons invités à les rejoindre.

— Je sais. J'ai moi aussi assisté à un mariage ou deux. Mais jamais en tant que demoiselle d'honneur.

— Jamais ? fit-il avec surprise. Vous devez avoir pourtant des tas d'amies. Aucune ne s'est mariée pour le moment ?

— J'ai quelques copines qui remontent à mes études à l'INDA, mais nous ne sommes pas assez proches pour que l'une d'elles me demande d'être témoin à son mariage.

— Et au collège ?

— Je n'étais pas populaire. On me considérait comme une bêcheuse pas très cool.

— J'ai du mal à le croire, mentit Blake.

Il voyait bien qu'elle était réservée, plutôt introvertie. Pour sa part, il avait été très populaire au collège, peut-être parce qu'il avait été du genre rebelle. Kate n'avait rien d'une rebelle.

Elle n'avait pas beaucoup d'assurance non plus. Comment diable pouvait-elle espérer réussir en tant qu'actrice ?

En tout cas, il était là pour l'aider, maintenant. Même si elle ne le savait pas encore. Ce n'était sans doute pas le moment ni l'endroit appropriés pour lui proposer un rôle. Ni pour la séduire ! Mais il n'allait pas se laisser couper l'herbe sous le pied ! Il rentrait à Los Angeles dans quelques jours et il n'avait pas l'intention d'y retourner sans avoir eu de délicieux ébats avec cette créature enchanteresse.

Il allait l'inviter à dîner dès le lendemain soir. Dans un excellent restaurant. Ensuite, il l'emmènerait dans l'appartement en terrasse qu'il occupait en ville. Il appartenait à Byron qui n'en avait plus guère l'usage depuis qu'il s'était installé dans cette superbe demeure en front de mer.

— Et les petits amis ? demanda-t-il, désireux de savoir sur quel terrain il s'aventurait avant d'entretenir trop d'espoir.

Même si rien n'aurait pu l'arrêter ! Plus il côtoyait Kate, plus il avait envie d'elle.

— Pardon ? fit-elle en cillant.

Elle avait réellement de très jolis yeux. Et si expressifs !

— Vous disiez que vous n'avez pas de copines, continua-t-il, mais vous avez sans doute eu de nombreux amants. Sans doute en avez-vous un en ce moment.

Un nuage passa sur le visage de Kate. Étrange. Était-ce à nouveau de la tristesse ? Oui, c'était cela. Il se demanda si elle avait eu un compagnon qui comptait, et si elle avait vécu une histoire douloureuse. Il n'arrivait pas à concevoir qu'on plaque une femme comme elle, alors de quoi d'autre pouvait-il s'agir ? Seule la mort, conclut Blake, pouvait causer une tristesse aussi profonde. Cela expliquerait ce qui n'avait cessé de l'intriguer ce soir au sujet de Kate. Il n'était pas impossible qu'en le trouvant attirant, elle ait l'impression de trahir l'être aimé… Blake se ressaisit avant de se laisser emporter trop loin par son imagination. Cela lui arrivait parfois. Une déformation professionnelle, en quelque sorte. Il voyait du drame partout.

— En fait, je n'ai pas de petit ami, lui dit Kate avec un sourire chagrin. J'en ai eu, bien sûr.

— Alors, personne ne s'opposera à ce que je vous invite à dîner demain soir ?

— Non, dit-elle.

Mais il y avait de la réserve dans son intonation et de la réticence dans son regard. Blake comprit qu'elle ne se laisserait pas facilement séduire. Mais la part de lui-même rongée de désir et peu portée à écouter sa conscience refusa de s'avouer vaincue. Il décida d'abattre sa carte maîtresse. À la guerre comme à la guerre !

— Je voudrais vous proposer un rôle qui serait parfait pour vous, dit-il, conscient de brandir un atout imparable.

Kate fut surprise. Ou plutôt choquée. Décidément, cette femme était irrésistible !

— Mais pourquoi feriez-vous ça ? demanda-t-elle. Vous voudrez sans doute que je passe d'abord une audition.

— Inutile de soumettre une diplômée de l'INDA à une audition. Les acteurs les plus talentueux sont issus de ce conservatoire.

— Oui, mais… mais…

— Kate Holiday, voulez-vous réussir, oui ou non ?

— Oui, bien sûr, répondit-elle d'un air presque offensé. C'est ce que je désire plus que tout au monde.

— Eh bien, cessez de faire la fine bouche.

Elle sourit alors, à la grande satisfaction de Blake.

— Acceptez-vous de dîner avec moi demain soir ?

— Oui.

— Tant mieux. Et maintenant, allons danser !

6.

C'est stupéfiant, pensa Kate alors que Blake l'entraînait sur la piste, entre ses bras. Un dîner et un rôle dans un film de Blake Randall !

Stupéfiant, mais aussi un peu inquiétant. Elle avait entendu parler des promotions canapé, des rôles obtenus en échange de faveurs sexuelles, et se demanda si Blake faisait partie des hommes qui avaient de telles pratiques. Elle savait qu'elle lui inspirait du désir. Et elle était d'autant plus inquiète qu'elle avait peur de lui céder s'il lui faisait des avances. Ce qui ne lui ressemblait vraiment pas !

Cette occasion était pourtant la chance de sa vie, non ? Une chance de faire décoller sa carrière. De plus, Blake lui plaisait. Elle le trouvait très séduisant, même. Et sexy. Ultra-sexy. C'était à cause de sa bouche. Et de l'éclat brûlant, avide, qui embrasait son regard quand il le posait sur elle. Cela lui donnait le sentiment d'être elle aussi sexy. Et elle était très tentée.

Soudain, une pensée la traversa. Une pensée fort déplaisante.

— Le rôle auquel vous pensez, dit-elle alors qu'il la faisait tournoyer, ce n'est pas dans un film avec Lachlan, hein ? En toute franchise, je ne veux pas y participer.

— Non, ce n'est pas pour une comédie sentimentale. Il s'agit d'un drame familial. Un scénario que j'ai écrit voici quelques années et que je vais enfin réaliser fin novembre. Écoutez, gardez ça pour vous, mais je pense que Lachlan et moi allons rompre notre association.

— Mais pourquoi ? demanda Kate, abasourdie.

Blake regarda l'acteur. La piste de danse était vaste, et ils ne se trouvaient pas près de lui. Malgré tout, Blake reprit la parole à voix basse :

— Lachlan se fait une très haute idée de ses capacités d'acteur. Il ne réalise pas pourquoi les films que j'ai faits avec lui ont tant de succès. Il pense que cette réussite repose entièrement sur lui. Et il finira par aller là où l'argent l'appelle. Il s'est déniché un nouvel agent très lié aux pontes des grosses maisons de production. Je mettrais ma main au feu qu'il a déjà décidé de passer à autre chose.

— Ce n'est pas très loyal.

Celui-ci haussa les épaules.

— La loyauté n'existe pas à Hollywood. Il n'y a que le box-office qui compte. Je survivrai, je vous assure. J'ai plusieurs projets en train, et aucun ne repose sur Lachlan Rodgers.

— Tant mieux.

Ainsi, elle ne serait pas obligée de travailler avec Lachlan. Cela aurait été horrible. Et elle aurait sûrement très mal joué avec la présence déstabilisante, bouleversante, de son nouveau beau-frère.

Cela dit, Blake avait peut-être raison au sujet des capacités de comédien de Lachlan. Il était bon acteur, mais elle avait elle-même reçu de leurs professeurs plus de compliments que lui.

— Oublions Lachlan, dit Blake, et parlons plutôt de vous. Si vous n'avez eu qu'un rôle au théâtre depuis votre diplôme, comment vous êtes-vous débrouillée financièrement ?

— Eh bien, j'habite chez mes parents, je ne paie pas de loyer. Et je travaille chez un traiteur pendant les week-ends. Cela me laisse libre de passer des auditions en semaine.

— Avez-vous un bon agent ?

Kate soupira.

— Je le croyais. Mais je commence à avoir des doutes.

— Il faut en trouver un nouveau, alors.

Les musiciens passèrent d'une valse à un air plus entraînant. De nombreux convives se levèrent pour danser, et Blake attira Kate tout près de lui, l'incitant à nouer les bras autour de son cou. Après une hésitation, elle obtempéra. Les doigts de Blake vinrent se poser sur ses hanches, il l'attira à lui et elle ne tarda pas à sentir un renflement impossible à ignorer. Une tension sourde les enveloppa alors qu'ils ondulaient au rythme de la musique. Kate était comme hypnotisée, fascinée par l'évidence du désir de Blake et par l'audace de ses propres pensées. Elle imaginait ce qu'elle ressentirait si Blake était profondément enfoncé en elle, si sa bouche couvrait la sienne, l'embrassait, ne s'en détachant que pour lui souffler à l'oreille des mots torrides et interdits…

Elle en eut la bouche sèche et sentit frémir le cœur de sa féminité.

— Désolée, dit-elle, contrariée par les visions qui l'assaillaient, mais il faut que j'aille respirer un peu. J'ai bu trop de champagne.

Un mensonge éhonté. Elle n'avait vidé qu'une coupe au cours du repas, inquiète à l'idée de se comporter de manière regrettable si elle buvait trop, et de se ridiculiser malgré elle. Il lui avait fallu faire appel à tout son talent de comédienne pour ne pas réagir au discours de son père, pour ne pas se laisser submerger par sa jalousie envers Maddie. Elle aimait sa sœur mais elle détestait que tout le monde n'ait d'intérêt que pour Maddie, et qu'il ne reste jamais rien pour elle ! Le discours de Lachlan lui avait causé une véritable souffrance, et elle avait été incapable de lever les yeux sur lui, même lorsqu'il lui avait porté un toast, comme l'exigeait la coutume.

Elle se dépêcha de traverser la tente, regagnant la maison et la terrasse de la suite où elle s'était vêtue tout à l'heure. Curieusement, elle ne se sentit pas mieux. Elle n'avait jamais rien éprouvé de tel. C'était une tension dérangeante, une chaleur et une moiteur dont elle avait honte. Son imagination se déchaîna, faisant surgir des fantasmes classés X.

— Bon sang, Kate ! gémit-elle à voix haute.

Elle ne comprenait pas qu'elle puisse éprouver un tel désir pour Blake alors qu'elle était amoureuse d'un autre. Elle n'avait jamais ressenti tant de trouble. Blake Randall semblait avoir réveillé sa libido en berne, l'avoir ramenée violemment à la vie. Plus que violemment même : lorsqu'elle était tombée amoureuse de Lachlan, elle n'avait pas eu une réaction physique aussi forte !

Ses sentiments pour lui avaient toujours été doux et romantiques, et non d'une sensualité brute. Elle avait rêvé de lui. Mais elle n'avait jamais été envahie par des fantasmes sexuels explicites.

Kate frémit en se remémorant l'instant où elle avait eu éperdument envie de faire l'amour avec Blake. Elle en avait toujours envie. Seigneur !

Tu vas te ressaisir, redescendre sur terre et... Et quoi donc ? Elle n'en avait pas la moindre idée. Elle laisserait sans doute à Blake le soin de franchir la prochaine étape. Car il le ferait. Et à cette pensée elle frissonnait d'excitation.

Après s'être rafraîchie dans la salle de bains, elle considéra dans la glace ses yeux trop brillants et ses joues empourprées. Baissant les yeux, elle s'assura qu'on ne devinait pas les pointes de ses seins tendues.

Kate s'avoua qu'elle aimait les avances de Blake. Ce qu'elle refusait, en revanche, c'était de manifester son propre désir de façon trop évidente et gênante. Elle ne voulait pas non plus lui laisser croire qu'elle réagissait ainsi parce qu'il lui avait proposé un rôle. Ce qu'elle ressentait n'avait rien à voir avec sa carrière et tout à voir avec sa féminité. Il était grisant d'être au centre de l'attention, de se sentir enfin spéciale, attirante, réellement désirée.

En même temps, Kate était perturbée par l'intensité de sa réaction. Elle ne savait pas comment se comporter. Le flirt ne lui était pas naturel. Elle ne possédait ni la hardiesse ni l'assurance de sa sœur. Et si elle se trompait, après tout ? Si elle avait mal interprété la situation ?

Cette dernière pensée la fit sourire. Comment aurait-elle pu se méprendre sur l'érection de Blake ? À moins, pensa-t-elle en pouffant, qu'il n'ait eu un revolver dans la poche !

Elle souriait toujours quand elle quitta la salle de bains — un sourire qui s'effaça dès qu'elle tomba sur Lachlan dans la chambre adjacente, un pli sombre et dur contractant sa belle bouche.

— Lachlan ! s'exclama-t-elle. Mais qu'est-ce que tu fais ici ? Où est Maddie ?

— Elle danse avec ton père. Elle peut se passer de moi pendant une minute ou deux. Je t'ai vue quitter la tente et je t'ai suivie.

— Mais pourquoi ?

— Je voulais te dire un mot en privé. Te mettre en garde.

— En garde ? Contre quoi ?

— Contre ce satané Blake Randall.

Kate eut un léger hoquet. Pourquoi Lachlan parlait-il de son mentor et témoin avec si peu de respect ?

— Pourquoi ? demanda-t-elle. Qu'as-tu à me dire sur lui ?

— Je veux te parler de son comportement avec les jolies femmes, surtout celles qui ont le virus de la comédie dans le sang. Sait-il que tu as suivi les cours de l'INDA avec moi ?

— Eh bien, oui. Je lui en ai parlé.

— Bon sang ! Je parie qu'il t'a déjà offert un rôle ? C'est l'une de ses astuces quand une actrice lui plaît. Et tu es vraiment très séduisante, ce soir, Kate. Je ne t'ai jamais vue si en beauté. Blake n'en tient que pour les belles femmes. Est-ce qu'il t'a proposé un rôle ?

— Euh, oui, admit Kate. Un petit.

— Petit, je n'en doute pas ! railla Lachlan. Monsieur le perfectionniste ne risquerait jamais de gâcher un de ses films en donnant un rôle de premier plan à une inconnue. Tu n'auras sans doute qu'une réplique ou deux. Suffisamment pour que tu sois présente sur les lieux du tournage et qu'il puisse coucher avec toi tous les soirs. Mais une fois le film bouclé ce sera terminé. Il a la réputation de séduire ses actrices et de rompre dès que le tournage est fini.

Lachlan avança et posa les mains sur les épaules de Kate — un geste qui la figea, car il la contraignait à le regarder dans les yeux… Ces beaux yeux qui l'avaient fascinée dès le premier jour. Curieusement, ni ce contact ni sa toute proche présence ne la firent défaillir. Elle n'éprouva que confusion et méfiance.

— Je n'aimerais pas que tu aies à subir ça, Kate,

continua-t-il. Tu es une trop chic fille pour que ce salaud se serve de toi.

Eh bien ! pensa-t-elle. Il n'y allait pas de main morte !

— C'est pour ça que tu as caché à Blake que nous avions fait nos études ensemble ? demanda-t-elle, cherchant à s'expliquer la conduite de Lachlan. Tu essayais de me protéger ?

Cela le prit de court, et il laissa retomber les mains, s'écartant avec surprise. Il lui fallut quelques secondes pour plaquer sur son visage une expression inquiète.

— Euh… Oui. Oui, bien sûr, c'est la raison, se hâta-t-il de dire.

Ce n'était pas très convaincant. Kate ne savait plus que croire — à la fois sur la prétendue mauvaise réputation de Blake et sur le fait que Lachlan l'utilisait pour justifier son silence à son sujet.

Que Blake lui ait proposé un rôle sans audition l'avait surprise. Mais en toute honnêteté elle ne croyait pas qu'il avait besoin d'acheter la complaisance des femmes ! Il était du genre à les attirer comme le miel attire les abeilles. Elle-même éprouvait pour lui une folle attirance.

— J'ai du mal à croire que Blake soit aussi mauvais.

Les yeux enjôleurs de Lachlan s'adoucirent et, une fois encore, il lui mit les mains sur les épaules.

— Oh ! Kate, Kate… Crois-moi si je te dis que tu ferais mieux d'éviter ce salaud. Blake Randall peut se montrer sacrément retors. Cette garce de Claudia l'a détruit quand elle l'a quitté. Il prend plaisir à briser les cœurs des actrices. C'est un homme à fuir, ma belle. Promets-moi que tu n'accepteras pas son offre et que tu n'auras plus rien à faire avec lui après ce soir.

Kate secoua la tête, les idées plus embrouillées que jamais.

— Pourquoi lui as-tu demandé d'être ton témoin si tu le méprises ? demanda-t-elle.

Lachlan haussa les épaules.

— C'était un bon coup publicitaire pour notre film. Et en plus, ça lui a fait plaisir. On ne peut pas se permettre de prendre les gens importants à rebrousse-poil dans ce milieu. Alors, ne va surtout pas lui rapporter ce que je t'ai dit. Mais refuse ce rôle, par pitié. Dis-lui… que tu préfères jouer au théâtre. Ce qui est la vérité.

— Effectivement. Mais je n'y ai pas très bien réussi.

— Quoi ? Oh ! oui, ce n'est pas de chance. Mais si tu te présentes aux auditions avec le look que tu as ce soir, tu feras des ravages. Bon, il faut que j'y aille. Seigneur ! Tu es vraiment ravissante…

Il s'inclina pour lui donner un baiser sur la joue avant de redescendre l'escalier quatre à quatre pour rejoindre sa belle épouse, laissant Kate en pleine tourmente. Car elle ne pouvait pas croire à la sollicitude soudaine de Lachlan. Il lui avait à peine adressé la parole au cours de l'année écoulée, et ne lui avait jamais demandé comment se passait sa carrière !

Le fait qu'il réprouve la conduite de Blake envers les femmes aurait pu expliquer qu'il n'avait jamais parlé d'elle à son mentor. Mais elle n'en croyait rien. Elle soupçonnait même maintenant que Lachlan ne voulait pas partager son succès avec d'autres, qu'il voulait être le seul à réussir. L'amour de Kate pour Lachlan ne l'aveuglait pas sur ses défauts. Sous son apparence charmeuse, il était arrogant, égoïste et mû par une ambition sans bornes. Elle était contente de ne lui avoir rien promis car, en toute franchise, elle ne voulait pas refuser le rôle. C'était une chance de prouver à quelqu'un d'important et très bien introduit qu'elle savait jouer la comédie.

Soit, Blake pouvait se montrer retors avec les femmes. Vu son succès et son pouvoir, cela ne la surprenait pas. Mais une femme avertie en valait deux. Et rien ne l'obligeait à coucher avec lui si elle n'en avait pas envie. L'ennui était… qu'elle en avait envie, justement. L'idée d'être séduite par Blake Randall était loin de lui déplaire. Quant à ce qu'il la renvoie après lui avoir brisé le cœur… Ma foi, il y avait de quoi rire. Elle avait déjà le cœur brisé.

Alors, au diable la prudence ! Il était temps de prendre des risques. D'être réactive, comme le lui rabâchait son agent. Et de faire un grand pas en avant !

7.

Mais où diable était Kate ? se demanda Blake. Combien de temps fallait-il pour aller prendre l'air ?

Portant sa coupe de champagne à ses lèvres, il avala une grande gorgée en se disant que si elle ne revenait pas très vite il irait à sa recherche.

— Cela ne te ressemble pas d'être seul dans une soirée, lui dit en l'abordant Byron, splendide en smoking.

Byron avait tout pour lui. La beauté. La fortune. Le charme. Et depuis peu, une superbe épouse et une adorable petite fille. Blake aurait été jaloux de Byron s'il n'avait pas eu autant d'affection pour lui. Et s'il n'avait pas financé en grande partie ses films.

— J'attends que ma partenaire revienne, grommela Blake. Il y a une éternité qu'elle est partie.

— Tu parles de Kate, je suppose ?

— Oui, Kate.

— Charmante fille. Bien plus agréable que sa sœur, observa Byron.

— Ce n'est que trop vrai. En voilà une que je n'aimerais pas épouser.

Byron éclata de rire.

— Tu ne veux épouser personne, Blake !

— Tu me connais bien, à ce que je constate. Ah, la voilà ! Kate, ma douce, qu'est-ce qui vous a retenue aussi longtemps ?

Kate n'avait aucune intention de dire la vérité. Surtout pas devant Byron. Ni qui que ce soit d'autre d'ailleurs. Elle prit une coupe de champagne sur le plateau d'un serveur de passage, puis sourit aux deux hommes avant d'avaler une longue gorgée. Ils devaient l'un et l'autre recevoir bien des sourires des femmes. Ils étaient très séduisants, même si c'était d'une façon différente. Byron possédait une beauté classique, des traits nets et réguliers, et un sourire qui aurait éclipsé celui de Lachlan. C'était un authentique gentleman. Alors que Blake évoquait un gitan avec sa chevelure noire, ses sourcils bruns et son regard intense.

Ses yeux bleus la transperçaient, en cet instant, et la faisaient frémir. *Mon Dieu, il n'aurait pas à se donner beaucoup de peine pour me séduire !* pensa-t-elle, secouée.

— Kate est actrice. Tu le savais ? demanda Blake à Byron, sans toutefois la quitter des yeux.

Son ami haussa les sourcils.

— Non. Je l'ignorais.

— Et moi aussi, jusqu'à ce soir. Elle est diplômée de l'INDA. Elle était dans le même atelier que Lachlan.

— Vraiment ? Pourquoi n'en a-t-il jamais parlé ?

— Je n'en ai aucune idée.

Une fois encore, Kate garda le silence. Elle n'était pas très sûre de comprendre pourquoi son prétendu meilleur ami n'avait jamais fait mention de ses ambitions d'actrice. Mais elle soupçonnait que cela n'avait rien à voir avec la protection de sa vertu. Ou de son cœur.

Cette pensée la mit en colère, et la décida à saisir l'aide que Blake pourrait lui apporter.

— Blake m'a proposé un rôle dans un de ses films, lâcha-t-elle d'un ton léger.

À ces mots, Byron haussa les sourcils. Kate pensa qu'il connaissait peut-être aussi la tactique de son ami avec les actrices. Une inquiétude lui serra le cœur, mais elle se dissipa vite — aussi rapidement qu'elle vidait sa coupe de champagne. L'alcool lui monta à la tête, car elle n'avait presque rien mangé, et lui insuffla un courage factice.

Par nature, elle n'était ni irréfléchie ni téméraire. Pourtant, elle avait envie d'être l'une et l'autre, ce soir. Elle éprouvait le besoin d'ignorer son tourment sentimental et d'avancer vers un nouvel avenir, où ses vains sentiments pour Lachlan n'auraient aucune part. Kate était lasse de se sentir déprimée. Et d'être rejetée, sur le plan personnel et professionnel. Il était temps pour elle de parier sur son talent de comédienne. De s'inspirer de Maddie et de saisir la vie à pleines mains.

— Je crois, mon cher Blake, dit-elle avec un éclat enjôleur dans le regard, que j'ai encore très envie de danser !

Blake faillit avoir un haut-le-corps, et même Byron eut l'air étonné. Ce n'était pas la Kate qui s'était éclipsée tout à l'heure. C'était une tout autre Kate, plus sexy, plus coquine. Peut-être ressemblait-elle à sa sœur plus que Blake ne l'avait cru.

De façon retorse, il n'était pas sûr d'approuver. Son corps fut d'un autre avis, cependant, et son érection se ranima de plus belle avant qu'il ait attiré Kate entre ses bras. Quand elle se pendit à son cou et se lova contre lui, il laissa échapper un juron étouffé, conscient qu'elle devait sentir son membre érigé. Pour quelque obscure raison, cela le gênait. Il avait beau désirer violemment Kate, il n'était pas du genre à profiter d'une femme un peu pompette, quelle qu'en soit son envie…

— Ma douce, murmura-t-il, remarquant le regard trop brillant de Kate et ses pupilles dilatées, combien de verres avez-vous bu ce soir ?

Elle cilla, puis se mit à rire.

— Pas tant que ça. Mais un peu d'air frais me ferait du bien. Une balade dans le jardin, ça vous tente ? C'est très joli, au bord de l'eau. Nous pourrions nous asseoir sous la gloriette, et vous me parleriez du merveilleux rôle que vous me destinez.

Kate était consciente de trop parler, mais elle ne se sentait pas à l'aise dans son rôle de séductrice. Qui n'était d'ailleurs pas nécessaire. Elle plaisait déjà à Blake et en avait senti la preuve plus d'une fois. Rien ne la forçait à se comporter ainsi. Cela ne lui ressemblait pas. Elle était sûre qu'il lui ferait des avances, sous la gloriette. Il l'embrasserait, au moins. Mais… s'il voulait aller plus loin ?

Elle avait beau le trouver sexy et attirant, elle n'avait pas réellement envie de coucher avec lui ce soir. Il était de mauvais goût d'agir ainsi lors d'un mariage ! Celui de sa sœur, en plus ! Non, elle ne pouvait pas envoyer valser toute prudence. Et sortir avec Blake — seule avec lui dans le vaste domaine éclairé de façon plutôt romantique — était risqué. Car elle n'était pas certaine de s'en tenir là s'il se mettait à l'embrasser. Il ne cessait de la contempler d'une façon si envoûtante ! Son regard brûlant la transperçait, lui donnait envie d'être encore plus audacieuse. Jamais elle ne s'était sentie aussi… émoustillée.

— Soit, allons-y, dit-il, lui enveloppant le coude d'une main possessive et l'entraînant vers la sortie.

Mais ils furent interrompus avant d'avoir pu s'éclipser, abordés par la mère de la mariée, pétrie de suffisance et empourprée dans son ravissant et onéreux tailleur rose.

— Maddie m'envoie te chercher, dit Janice Holiday à Kate. Pour que tu l'aides à passer sa tenue de voyage.

— Quoi ? Déjà ? Mais la soirée a à peine commencé et…

— La pauvre chérie est très fatiguée, la coupa Janice Holiday. Elle est levée depuis l'aube, tu le sais.

Oui, Kate le savait ! Elle s'était levée à la même heure et avait été entraînée dans le salon de beauté pour y être pomponnée au point de ne plus se reconnaître. Mais l'effort en avait valu la peine, puisque Blake la trouvait ravissante.

Kate ne crut pas une seconde que Maddie était épuisée. Sa sœur était infatigable ! Elle savait pourquoi Maddie avait hâte de partir : elle voulait faire l'amour avec son mari. Une ou deux heures plus tôt, Kate aurait été dévorée de jalousie. Maintenant, elle n'éprouvait que de la révulsion. Elle aimait peut-être toujours Lachlan, mais il ne lui inspirait plus ni sympathie ni désir. Après ce que Blake lui avait dit de sa conduite, Maddie pouvait l'avoir tant qu'elle voulait !

— Vous feriez mieux d'y aller, lui dit Blake. Je vous verrai plus tard.

Kate lui adressa un regard d'excuse avant de se laisser entraîner par sa mère.

— Maddie est déjà montée, dit Janice alors qu'elles gagnaient la maison. Après son départ avec Lachlan, ton père et moi rentrerons aussi. C'était une journée merveilleuse mais harassante. Et toi ? Je suppose que tu ne veux pas partir aussi tôt ?

Kate n'avait aucune envie de subir pendant tout le trajet les commentaires extatiques de ses parents sur le mariage de Maddie. Strathfield, dans la banlieue ouest de Sydney, était à une demi-heure de route de la demeure de Byron.

— Ce serait très impoli, fit-elle valoir. La soirée vient de commencer, nous ne pouvons pas partir tous. D'ailleurs, Cleo m'a proposé de dormir ici, et je crois que je vais accepter.

— Cleo ?

— La femme de Byron. Tu l'as sûrement rencontrée.

— Sans doute. J'étais un peu distraite, aujourd'hui. De quoi a-t-elle l'air ?

— C'est une petite brune. Avec une robe bordeaux. Très classe. Et charmante. Écoute, je prendrai un taxi demain, pour rentrer. Et je rapporterai les robes à la maison.

— Oh ! bon, très bien. Mais je préfère emporter dès ce soir la robe de mariée de Maddie. Je n'aimerais pas qu'il lui arrive quoi que ce soit.

— Que diable veux-tu qu'il lui arrive ?

— Mieux vaut prévenir que guérir, c'est tout. Bon, vas-y. Et tâche de revenir avant que ton père ne s'attire des ennuis.

Kate faillit éclater de rire. Son père n'était pas du genre à se retrouver en mauvaise posture ! Courtier en assurances, il était aussi conservateur que son job, et sa seule passion était sa collection de timbres rares. Ainsi que sa cadette adorée qui le menait par le bout du nez. Il ne pouvait rien lui refuser. Maddie avait eu tout ce qu'elle voulait : jouets, vêtements, voyages scolaires coûteux et, à vingt et un ans, une voiture. Qu'elle avait presque aussitôt réduit à l'état d'épave, avant d'être sanctionnée par un retrait de permis. Peu importait, elle avait toujours quelque petit ami prêt à la conduire.

Kate grimpa l'escalier en soupirant. Elle aurait aimé pouvoir détester Maddie, mais elle en était incapable. Sa sœur était vaniteuse, manipulatrice et égocentrique. Mais elle avait une personnalité engageante, irrésistible, et elle était réellement charmante. Kate ne pouvait pas s'empêcher de l'admirer. Et de l'aimer. Hélas !

8.

— Ah, te voilà ! s'exclama Maddie en voyant Kate approcher.

Elle avait enlevé sa robe de mariée, négligemment expédiée sur une chaise. Debout près du lit, elle ne portait qu'une guêpière en dentelle, et ses seins plus qu'opulents en débordaient presque. Ses bas et ses escarpins gisaient à terre.

— Tu te joins à moi ? demanda-t-elle en prenant la bouteille de champagne placée au frais sur la table de nuit.

— Oh ! bon sang ! Fais attention ! s'exclama Kate lorsque le liquide mousseux s'échappa du goulot.

Prestement, elle écarta la robe de mariée avant qu'elle soit tachée, et la plaça sous sa housse en plastique.

— Arrête de t'inquiéter pour rien, fit Maddie. D'ailleurs, je ne remettrai jamais cette fichue robe. Maman la remisera dans sa boîte à trésors pour l'exhiber à la première occasion. Allons, bois un peu de champagne. Tu en auras besoin.

— Comment ça, besoin ? fit Kate en prenant la coupe que sa sœur lui tendait.

Maddie lui décocha un de ses sourires espiègles.

— Même un aveugle verrait que Blake Randall en pince sacrément pour toi. Et grâce à moi, bien sûr. S'il t'avait vue habillée d'un sac de pommes de terre, comme à ton habitude, il ne se serait pas collé à toi comme une sangsue. Est-ce qu'il sait que tu es diplômée de l'INDA ?

— Je le lui ai appris, dit Kate en avalant une gorgée. Ton cher mari ne lui en avait jamais parlé, ce que je trouve bizarre car nous sommes censés être amis.

Maddie éclata de rire.

— Lachlan n'a aucune envie qu'on lui vole la vedette. Surtout pas toi. Tu es trop bonne comédienne. Et puis il y a l'autre aspect du problème…

— Quel autre aspect ?

— Ton faible pour lui, déclara Maddie avec franchise.

— Mon quoi ?

— Ne fais pas semblant d'ignorer de quoi je parle, s'il te plaît. Dès ton entrée à l'INDA, tu n'as cessé de parler de lui. Lachlan était très gêné que tu le suives partout. Il ne pouvait pas aller prendre un café sans que tu t'invites aussi, selon lui.

Kate n'en crut pas ses oreilles. C'était Lachlan qui l'avait constamment invitée ! Elle s'était sentie flattée qu'il veuille si souvent discuter avec elle. Elle réalisait maintenant qu'il s'était servi d'elle, car leurs conversations portaient sur la façon dont elle envisageait le jeu d'actrice.

Elle sentit monter en elle une colère noire. Et une certaine humiliation. Comment avait-elle pu s'enticher de lui à ce point ? À sa décharge, toutes les filles séduisantes avaient été folles de lui. Et il les avait presque toutes séduites avant de les plaquer, usant sans vergogne de son charme pour adoucir chaque rupture. Aucune n'avait jamais dit du mal de lui.

Kate avait attendu, et attendu, qu'il s'intéresse enfin à elle. Beaucoup de gens la disaient très séduisante. Pourtant, Lachlan ne l'avait jamais invitée à sortir avec lui. Pas une fois.

En pensant à toutes ces années gâchées, Kate vida sa coupe et la remplit de nouveau.

— N'exagérons rien, dit-elle. Ce n'était pas à ce point-là. Et je n'étais pas la seule impressionnée par lui. Mais nous nous en sommes toutes remises après l'avoir jaugé. Il est si imbu de sa personne !

Elle fut assez fière de son mensonge bien senti.

— Je n'ai plus de sentiments pour lui, ajouta-t-elle en portant la coupe à ses lèvres.

— C'est toi qui le dis, fit Maddie en la scrutant. Je serais plus portée à te croire si tu avais un petit ami. Écoute, Lachlan est mon mari, maintenant. Je n'ai pas envie de penser que ma sœur est folle de lui. Est-ce le cas ?

— Pas du tout, je t'assure. C'est de l'histoire ancienne ! affirma Kate.

Maddie la dévisagea longuement, puis haussa les épaules.

— Je dois me fier à ta parole, je suppose. Bon, puisque cette affaire est réglée, revenons à ce dont je voulais te parler : l'intérêt que te porte Blake Randall.

— Ah ?

— Oui. Je ne veux pas que tu manques cette opportunité, dit Maddie en gagnant le dressing pour y prendre la robe stylée en lainage bleu qui avait coûté une petite fortune. C'est pour ça que je te pousse à boire un peu. Pour te désinhiber et te donner du courage. Il faut avoir un objectif dans la vie, soutint Maddie en enfilant la robe fourreau. On ne peut pas se contenter d'attendre que les choses arrivent. Il faut les susciter.

Justement, Kate avait pensé la même chose un peu plus tôt dans la soirée.

— Et maintenant j'ai une confession à te faire, continua sa sœur en relevant la fermeture à glissière de sa robe et en enfilant les escarpins placés au bas du lit. L'an dernier, même si j'étais presque décidée à épouser Riley, quand tu as amené Lachlan à la maison, j'ai su tout de suite qu'il représentait une meilleure opportunité. L'occasion d'avoir une vie excitante et glamour avec un mari superbe, brillant et super sexy. Bref, j'ai été plus que tentée de le séduire.

Elle marqua un léger temps d'arrêt, puis décocha un regard contrit à Kate.

— Je sais qu'il te plaisait, Kate, et je m'excuse. Je crois que tu as été blessée lorsque nous sommes partis ensemble, ce soir-là. Mais il fallait absolument que je tente ma chance. Et il me voulait, tu comprends. Ce n'était pas toi qu'il désirait. Tu n'étais pas son genre.

— Oui, je l'avais déjà compris, dit Kate. Mais alors… Tu n'es pas amoureuse de Lachlan ? demanda-t-elle en s'efforçant de dissimuler sa perplexité.

— Amoureuse ? C'est quoi, l'amour ? Un état très

passager, surtout pour les hommes. Leur idée de l'amour se résume au sexe. Une femme dispose tout au plus d'un an et demi pour obtenir ce qu'elle veut d'un homme avant qu'il aille voir ailleurs. Je sais que Lachlan sera infidèle. Il est trop beau et trop sexy pour ne pas avoir d'aventures, surtout dans le milieu du cinéma. Mais je serai toujours sa femme. Ou en tout cas, sa très riche ex-épouse.

Kate était atterrée. Et sans doute le laissa-t-elle paraître.

— Attention, reprit Maddie, je tiens à Lachlan. Beaucoup. Et nous nous entendons très bien au lit. Une sexualité épanouie compense beaucoup de choses. Et ça permet aussi de mener un homme par le bout du nez. Ce qui me ramène à mon conseil au sujet de Blake Randall.

— Ah ? Et quel est ce conseil ? s'enquit Kate.

Elle avait repris le contrôle de ses émotions. Mais intérieurement, elle avait l'impression de sombrer. Maddie n'aimait même pas Lachlan. Tout ce qu'elle voulait, c'était une vie facile. Quelle médiocrité !

— Mets-le dans ton lit sans tarder, décréta sa sœur. Il retourne à Hollywood dans quelques jours. Tu dois battre le fer tant qu'il est chaud. Lachlan dit que Blake a un faible pour les jeunes et jolies actrices. Et tu es jolie, ce soir, Kate. Plus que cela, même. J'avoue que je suis un peu jalouse de toi.

Kate ne put que rire d'une telle affirmation.

— Non, ce n'est pas vrai.

— Je n'en jurerais pas. J'envie ton talent d'actrice. Tu es brillante.

Comme comédienne, tu n'es pas mal non plus, pensa Kate, sarcastique.

— Blake Randall aura un sacré choc en réalisant l'étendue de ton talent, continua Maddie. Mais il ne pourra s'en rendre compte que si tu le gardes près de toi assez longtemps.

— Il m'a déjà offert un rôle, dit Kate, cédant à son irritation. Rien ne m'oblige à coucher avec lui.

— Bon sang, ne sois pas si naïve !

— Je ne suis pas naïve.

— Oh ! si, tu l'es. Nous vivons dans un monde d'hommes, Kate. Ce sont eux qui ont tout le pouvoir. Notre seul pouvoir vient du sexe. Il y a des années que j'ai compris ça. Bon, comment me trouves-tu ?

Kate eut un soupir.

— Tu es superbe, comme d'habitude.

— Merci, ma chérie. Je t'aime, tu le sais, n'est-ce pas ?

Kate en doutait, mais elle réussit à sourire et étreignit sa sœur.

— J'espère que tu seras très heureuse, lui dit-elle en s'efforçant d'être sincère.

— Oh ! je le serai, j'en suis sûre. Au fait, où ai-je mis mon bouquet ?

9.

À l'écart, Blake regardait l'heureux couple en train de faire ses adieux, la mariée embrassant ses parents avant de lancer son bouquet droit sur sa sœur.

Kate rit, mais ce rire ne se refléta pas dans son regard. Blake ne savait toujours pas très bien ce qu'elle pensait. Elle était redescendue peu après la mariée, cramponnée à la rambarde, l'air perdu et indéniablement pompette.

Blake l'aurait rejointe alors, si Cleo ne l'avait pas abordé et n'avait entamé avec lui une conversation, le contraignant à surveiller de loin la progression incertaine de Kate dans l'escalier. Au bas des marches, elle avait survolé du regard la foule des invités, puis était allée s'adosser à un mur.

Même si Kate faisait mine d'être ravie d'avoir reçu le bouquet, Blake aurait juré qu'elle était au bord des larmes. Cela le poussa à la rejoindre et, l'enlaçant, il l'attira contre lui.

— Je crois que vous avez beaucoup trop bu, lui murmura-t-il.

— Pas du tout. En fait, j'ai encore soif, soutint-elle. Allons chercher une autre bouteille de ce délicieux champagne.

— Pas maintenant. Allons plutôt nous promener du côté de la gloriette. Vous avez besoin de prendre l'air.

— Comme il vous plaira. Attendez juste que je remette ce bouquet à ma mère. Elle voudra sans doute l'emporter à la maison… pour le faire recouvrir à la feuille d'or.

Ce sarcasme inattendu fit sourire Blake. À moins qu'elle n'ait parlé ainsi par jalousie ? Pourquoi avait-elle été d'humeur si changeante, ce soir ? Enviait-elle sa sœur ? Il fut tenté de lui poser la question, mais il n'avait pas envie de lancer la conversation sur Maddie. C'était de Kate qu'il voulait parler. La délicieuse, la sexy et si mystérieuse Kate…

Il avait hâte de l'emmener dîner le lendemain, de l'entraîner ensuite dans un endroit romantique. Il avait déjà demandé à Byron l'autorisation d'utiliser son appartement en terrasse pendant les jours suivants. C'était un lieu ultra-glamour qui ne manquerait pas de faire impression sur Kate.

Car Blake désirait impressionner la jeune femme. Il voulait la protéger, la rendre heureuse — ce qu'il pouvait réussir en donnant un sérieux coup de pouce à sa carrière et en la mettant dans son lit. Blake se savait bon amant. Et il était sûr qu'elle aimerait faire l'amour avec lui.

Bon sang, tu n'es qu'un prétentieux ! Il ne t'est jamais venu à l'idée qu'elle pourrait te dire non ? Pour ce qui est de coucher avec toi, bien sûr, pas pour le rôle.

C'était une pensée nouvelle pour lui, mais il ne la prit pas au sérieux. Kate n'allait pas lui opposer un refus. Il avait lu du désir dans ses yeux, un peu plus tôt, sur la piste de danse et il l'avait senti à la tension de son corps. Il suffisait de choisir le bon moment et le bon endroit. Et de savoir s'y prendre, bien sûr.

Blake était certain de réussir.

Un véritable soulagement envahit Kate lorsque tout le monde fut parti — Maddie et Lachlan d'abord, puis ses parents, sa mère emportant la robe, le voile et le bouquet de la mariée. Kate préférait être déchargée de cette responsabilité et espérait bien ne jamais revoir cette toilette.

En vérité, depuis leur départ, elle se sentait le cœur plus léger. Elle parvenait presque à les oublier. Bien sûr, le fait d'être légèrement ivre l'aidait beaucoup. Et puis, elle adorait les regards que lui jetait Blake ! Des regards si brûlants, si avides ! Elle avait l'impression de défaillir et, en même temps, cela lui insufflait un sentiment de puissance. Elle lui adressa un sourire enjôleur alors qu'elle revenait vers lui, adoptant inconsciemment une attitude de vamp, ondoyant des hanches et passant la langue sur ses lèvres soudain sèches.

*
* *

Seigneur ! pensa Blake, son corps réagissant presque malgré lui. Si elle n'y prenait garde, ils iraient trop loin à l'abri de la gloriette. La seule chose susceptible de le freiner était l'ivresse de Kate. Mais, bon sang, il aurait du mal à résister à la tentation !

Limite les contacts physiques au strict minimum. Et pas de baiser, surtout.

Quand elle l'eut rejoint et se pendit à son cou, il l'embrassa sans même réfléchir, avant de recouvrer son bon sens et de l'écarter doucement de lui.

— Venez, allons dans la gloriette. Nous prendrons une bouteille de champagne au passage.

Kate se sentit défaillir. Seigneur, Blake embrassait comme un dieu ! Elle avait hâte qu'il l'embrasse encore. Plus longuement. Elle avait à peine senti la caresse de sa langue. Elle avait envie qu'il aille plus loin, qu'il approfondisse son baiser et lui procure à nouveau ce merveilleux vertige. Elle avait envie de…

Oh ! elle ne savait pas ce qu'elle désirait. L'oubli, sans doute. Elle voulait oublier les horribles pensées qui ne cessaient de surgir dans sa tête. Lachlan ne l'avait jamais appréciée, et s'était servie d'elle… Elle n'était pas son genre…

Il fallait à tout prix qu'elle annihile ces pensées, qu'elle les remplace par des idées folles et merveilleuses. Il fallait qu'elle sente autour d'elle les bras de Blake. Et pas seulement sur une piste de danse, ou lors d'un bref baiser. Elle le voulait dans un lit. Toute la nuit.

Elle saisit la main de Blake et la serra.

— Vous me plaisez terriblement, susurra-t-elle.

— Vous aussi, avoua-t-il en lui souriant.

Il faisait froid dans la gloriette, car une petite brise marine s'était levée. Comme Kate frissonnait, Blake enleva son veston et lui en drapa les épaules.

— Quel gentleman !

— Pas toujours…

— Oh ! Nous avons oublié le champagne.

— Vous en avez assez bu comme ça.

— Ne jouez pas les rabat-joie !

— Je vous protège, c'est tout.

Kate se mit à rire.

— Je n'ai peut-être pas envie que vous me protégiez. Je désire peut-être que vous me fassiez éperdument l'amour, dit-elle. Je dors cette nuit chez Byron. Et vous ?

— Moi aussi…

— Alors, nous devrions passer la nuit ensemble. Dans votre chambre, de préférence, ajouta-t-elle, sachant que le parfum de Maddie rôdait encore dans celle qu'elle occupait.

Blake comprenait qu'ils étaient en train de s'aventurer sur un terrain dangereux. L'alcool rendait Kate téméraire et, si elle se donnait à lui, elle le regretterait sans doute le lendemain. Mais, que diable, il n'était qu'un homme, après tout. Et loin d'être un saint !

— Kate, dit-il, je ne peux pas. Désolé. Vous êtes ivre.

Elle le dévisagea, à la fois choquée et déroutée.

— Quoi, qu'est-ce qu'il y a ? Vous ne couchez jamais avec des femmes qui ont bu un ou deux verres de trop ?

— Non.

Des larmes jaillirent des yeux de Kate, qui prirent une expression proche de la fureur.

— Vous n'avez pas vraiment envie de moi, n'est-ce pas ? Je pensais que oui. Je croyais… Oh ! et puis qu'est-ce que ça peut faire, ce que je pense ? s'écria-t-elle en se dressant d'un bond et en lui jetant son veston à la figure. Vous n'êtes qu'un salaud, et je vous déteste !

10.

Devant la porte close de la chambre, Blake entendait Kate sangloter. Cleo le foudroya du regard. Elle s'était jointe à lui lorsqu'elle l'avait vu courir après la jeune femme, et ils l'avaient suivie dans la maison sans parvenir à la rejoindre avant qu'elle leur claque la porte au nez.

— Mais que lui as-tu fait ? demanda Cleo. Vous vous entendiez à merveille, tout à l'heure. Elle était littéralement collée à toi pendant la danse, et vous vous êtes embrassés dans le vestibule.

— Nous sommes allés jusqu'à la gloriette, soupira Blake.

— Et ?

— J'ai refusé de coucher avec elle.

— Quoi ?

— Cleo, elle avait bu. Je ne couche pas avec une femme ivre, même si elle me plaît terriblement.

— C'est très honorable de ta part, Blake, mais je ne suis pas sûre de te croire. Ta réputation de don Juan n'est plus à faire, tu sais.

— Non, je ne sais pas ! jeta Blake. Et ce n'est pas parce que j'apprécie la vie de célibataire que je traite mal les femmes.

Il supposa que sa prétendue réputation datait de l'époque de sa rupture avec Claudia. Après qu'elle l'avait plaqué, il s'était vengé à sa façon en couchant avec quelques actrices. Mais c'était une époque révolue. Soit, ses petites amies étaient en général comédiennes ou travaillaient dans le cinéma. Mais c'était fatal. Qui rencontrait-il, si ce n'est des gens de son milieu ?

— C'est juste, concéda Cleo. Ne sois pas furieux contre moi. Je te répète seulement ce que j'ai entendu dire. Il est clair que Kate a dû entendre des propos similaires. Mais tout de même, c'est une étrange réaction de sa part. J'aurais pensé que ta galanterie ferait bonne impression sur elle.

— Apparemment pas. Je ne la comprends pas, Cleo.

— Je pense que tu devrais aller lui parler.

— Elle me hurlera sûrement de sortir.

— Si elle t'intéresse, tu dois essayer. N'attends pas. L'attente n'est jamais payante en matière de séduction. Et n'oublie pas, la bonté est ce que les femmes apprécient par-dessus tout. Bon, je dois rejoindre Byron. Je te verrai plus tard…

Cleo s'éclipsa, tandis que Blake ouvrait doucement la porte.

Kate, pleurait, le visage enfoui dans une montagne d'oreillers.

— Kate ? dit-il en s'approchant du lit.

— Allez-vous-en ! hoqueta-t-elle. Laissez-moi tranquille.

Ignorant l'injonction, il s'assit près d'elle.

— Pas avant que vous ne m'ayez dit ce que j'ai fait de mal.

— Vous ne comprenez pas ! s'écria-t-elle d'une voix étouffée.

— Non, en effet. À moins que vous ne m'expliquiez.

Elle roula sur elle-même, révélant un visage ravagé par les larmes, des yeux rouges et gonflés.

— Je… Je ne peux pas, dit-elle. C'est trop humiliant.

— Kate, Je vous aime bien. Beaucoup. Et vous me plaisez. Beaucoup. J'ai la ferme intention de faire l'amour avec vous après vous avoir emmenée dîner dans un restaurant romantique et un lieu tout aussi romantique, digne de ce que mérite la ravissante jeune femme que vous êtes. Allez-vous en conclure que je ne veux pas réellement de vous ?

Elle secoua la tête, puis enfouit son visage entre ses mains.

— Vous n'y êtes pour rien, en fait.

— Alors, de quoi s'agit-il ?

— Je ne peux pas vous le dire.

Blake lui écarta les mains et les retint entre les siennes, la forçant à le regarder dans les yeux.

— Cela a un rapport avec votre sœur, n'est-ce pas ? Je suis plutôt observateur et j'ai remarqué que vous étiez perturbée et malheureuse chaque fois que vous étiez en sa présence. Quand vous êtes redescendue après l'avoir aidée à se préparer, vous étiez tout à fait changée. Je crois que vous étiez bouleversée et que vous essayiez de le cacher sous des dehors téméraires. Même s'il me déplaît de l'admettre, je ne pense pas que vous ayez eu envie de coucher avec moi. Vous cherchiez un dérivatif à vos pensées. C'est aussi pour ça que vous avez bu. Pour atténuer la souffrance que votre sœur vous a causée.

Blake s'arrêta de parler, et Kate se contenta de le dévisager d'un air stupéfait.

— Si je vous parle, vous allez me trouver ridicule.

— J'en doute. Au demeurant, le ridicule n'épargne aucun de nous. Alors, de quoi s'agit-il, Kate ? Qu'est-ce qui vous a tant tourmentée, aujourd'hui ?

Kate soupira, puis secoua une nouvelle fois la tête.

— Je… Je n'ai jamais voulu en parler à personne, surtout pas à ma famille.

— Eh bien, je ne fais pas partie de votre famille. Et il est bon, parfois, de se confier à un étranger. Il peut vous donner des conseils avisés.

Mais c'était bien le diable si Blake se sentait avisé en ce qui la concernait ! Kate avait le don de l'émouvoir, et cela ne lui était pas arrivé depuis des années.

— Lâchez ce qui vous tracasse, insista-t-il. Ne vous occupez pas de ce que je pourrais penser et dites-moi cette affreuse vérité, quelle qu'elle soit.

De nouveau, elle soupira. Résignée, cette fois.

— C'est bon, je vais tout vous dire. Le problème… L'affreuse vérité… c'est que je suis amoureuse de Lachlan.

Là-dessus, elle baissa la tête.

Blake comprit plus tard qu'il n'aurait pas dû être aussi choqué. Après tout, presque toutes les femmes qui connaissaient Lachlan étaient éprises de lui. Qu'elles soient jeunes ou vieilles, mariées ou célibataires, elles l'adoraient toutes.

C'était pour ça que ses comédies romantiques avaient tant de succès.

— Je vois, lâcha-t-il, furieux, d'abord, parce qu'elle avait la sottise d'aimer un homme aussi creux, puis plein de compassion — n'avait-il pas fait la même chose, il y a peu ? Il était tombé amoureux de Claudia, qui était sans doute encore plus égoïste que Lachlan.

— Non, vous ne voyez rien ! s'écria Kate en se redressant et en se tordant les mains. Et vous me trouvez stupide.

— Pas du tout, répondit-il. Je comprends que vous ayez pu vous éprendre de lui. Il est très beau et charmant quand il le veut. Depuis combien de temps êtes-vous amoureuse de Lachlan ?

— Pardon ? Oh ! depuis que nous sommes entrés ensemble à l'INDA.

— Un coup de foudre, alors, dit Blake, convaincu qu'il s'agissait plutôt de désir au premier coup d'œil.

Même lui n'était pas tout de suite tombé amoureux de Claudia. Il avait toujours eu des vues quelque peu cyniques en amour. Claudia avait dû se donner beaucoup de peine pour le convaincre qu'elle l'aimait — ce qui n'avait rendu que plus dévastatrice son infidélité, pendant leur mariage.

— Oui, dit tristement Kate. Mais ça n'a jamais été réciproque. Lachlan m'aimait bien, alors j'ai cru avoir une chance, surtout lorsqu'il s'est trouvé entre deux liaisons. Il était gentil avec moi, il recherchait souvent ma compagnie pour que je l'aide à travailler. Mais Maddie m'a dit ce soir qu'il avait été très gêné par mon faible pour lui. C'est le mot qu'elle a employé : « faible ».

Là-dessus, elle lâcha un rire nerveux tout en continuant à se triturer les mains.

— Et quand vous a-t-elle dit ça, exactement ? s'enquit avec douceur Blake.

— Quand je suis montée l'aider à se changer. Même si elle n'avait pas besoin de moi. En fait, elle voulait être sûre que j'avais surmonté mes sentiments et que je n'en pinçais plus pour son précieux mari. Je lui ai assuré que non. Après quoi, elle m'a fait la leçon à votre sujet.

— Moi ?

— Oui, elle m'a conseillé de coucher avec vous. Elle a dit que ce serait bon pour ma carrière.

— Un conseil que vous alliez suivre à la lettre, dit Blake, l'air sombre.

— Pas du tout, vous vous trompez. Si je vous ai fait des avances, ce n'était pas par calcul professionnel. C'est parce que vous sembliez sincèrement attiré par moi, et j'étais flattée… Surtout après avoir appris de la bouche de Maddie que Lachlan n'avait jamais eu envie de moi. Je ne suis pas son genre, paraît-il. Alors, quand je suis descendue et que je vous ai vu tout souriant, je me suis sentie mieux. Quand je vous ai embrassé, je me suis sentie encore mieux. Je sais que j'ai trop bu, mais j'avais besoin de vous, Blake. J'avais besoin de me sentir désirable. Je voulais plaire, être désirée. Alors, quand vous m'avez rejetée, je me suis sentie affreusement mal. Je… Je n'ai pas pu le supporter.

Blake sentit qu'elle était sur le point de s'effondrer.

— Et le pire, ajouta-t-elle avec une expression qui faisait peine à voir, c'est que Maddie ne ressent rien pour Lachlan. Bien sûr, il l'attire beaucoup physiquement, mais elle ne l'a épousé que pour mener la grande vie. Oh ! mon Dieu…

Incapable de poursuivre, Kate se tut. Toutes les émotions éprouvées dans l'année écoulée, les blessures, la souffrance, l'humiliation, l'étouffaient. Un cri s'échappa de sa gorge. Un cri d'animal blessé. Elle tenta de se maîtriser, en vain. Sa douleur à présent libérée était irrépressible et, se détournant de Blake, elle s'abîma à nouveau dans les oreillers en sanglotant à fendre l'âme.

C'était affreux, humiliant, mais elle n'avait plus ni sang-froid ni courage. Elle se dit même qu'il lui était égal que Blake assiste à cette scène pathétique.

11.

Blake avait l'habitude de voir pleurer les femmes. Les bonnes actrices étaient capables de pleurer sur commande. Mais là, ce n'étaient pas des larmes ordinaires. Kate sanglotait à fendre l'âme, et il devait à tout prix tenter de la calmer.

Tout en réfléchissant à l'attitude à adopter, il posa une main sur la nuque de Kate et lui caressa les cheveux, murmurant les mots apaisants qu'il avait souvent mis dans les dialogues de ses scénarios mais jamais prononcés personnellement.

— Allons, allons… Ne pleurez pas…

Elle avait des cheveux si doux. Si soyeux…

Ce n'est pas le moment de penser à ça ! Tu dois te montrer bienveillant. Te comporter en ami. Il était clair que Kate avait besoin d'un ami, en effet. De quelqu'un qui la réconforte et l'aide à y voir plus clair.

Mais tout de même… Aller s'amouracher de Lachlan ! Quel gâchis et quelle perte de temps ! Ce n'était sûrement pas de l'amour véritable, d'ailleurs. Juste une passade. Lachlan provoquait ce genre de sentiment chez les femmes, avec son sourire éclatant, son charme irrésistible.

Ainsi, la sœur de Kate n'était pas réellement éprise de lui et ne l'avait épousé que par intérêt. Quelle ironie ! Maddie avait pourtant joué à la perfection la comédie de l'épouse amoureuse ! Elle avait le physique du rôle et elle ferait peut-être même de ce mariage une réussite. Après tout, elle était probablement prête à accepter les infidélités de Lachlan, puisqu'elle ne l'aimait pas. Ou alors, elle le quitterait pour un homme encore plus riche, comme l'avait fait Claudia.

Claudia... Blake pensa à son ex, tout en caressant les cheveux de Kate. Quelle garce ! Une garce égoïste, ambitieuse et au cœur sec. Il avait espéré qu'elle connaîtrait une traversée du désert après l'avoir quitté pour un producteur hollywoodien vieillissant. Mais cela n'avait pas été le cas. Sa carrière — sans être éblouissante — était couronnée de succès.

Elle était maintenant mariée au P-DG de Unicorn Pictures. Blake l'avait revue dans une soirée, voici peu, et elle s'était montrée charmante. Il lui avait rendu la pareille, d'ailleurs, allant jusqu'à se montrer aimable avec son mari, un homme au physique avantageux à l'intelligence agaçante. Inutile de se faire des ennemis à Hollywood. Ce n'était pas bon pour les affaires.

En toute franchise, Blake était plus que vacciné contre elle. Et c'était un sentiment agréable, après tous ces mois d'amertume et de rancœur à l'égard des femmes — surtout les actrices débutantes.

Le fait que Kate en fasse partie n'échappait pas à Blake. Mais elle était différente de toutes celles qu'il avait rencontrées. D'ailleurs, il était enchanté qu'elle soit une aspirante comédienne. Cela lui donnait l'occasion de mieux la connaître et de faire ce qu'il brûlait de faire depuis le début de la soirée.

Il espérait qu'une fois calmée elle se ressaisirait et voudrait bien aller dîner avec lui. Blake avait très bien vu qu'elle était en proie à des émotions contradictoires lorsqu'elle s'était offerte à lui, dans la gloriette. Sans doute éprouvait-elle un désir de revanche, mais il restait convaincu qu'elle ressentait pour lui une attirance véritable. Le baiser qu'elle lui avait donné n'avait rien eu de factice !

Finalement, les sanglots de Kate diminuèrent et cédèrent la place à des frissons convulsifs. Lorsqu'elle roula soudain sur elle-même, Blake retira sa main.

— Je... Il faut que j'aille à la salle de bains, dit-elle d'une voix étranglée en se précipitant dans la pièce adjacente.

Blake lâcha un soupir en entendant qu'elle soulageait son

estomac. Il perçut le bruit du robinet — elle se rafraîchissait sans doute — puis un soupir de soulagement.

Après plusieurs minutes d'un silence de plomb, il gagna avec réticence la porte de la salle de bains. Elle s'ouvrit alors qu'il s'apprêtait à frapper, et il se figea, troublé.

Kate n'était pas nue. Mais elle avait ôté sa robe de demoiselle d'honneur et se présentait devant lui dans une guêpière en satin noir accompagnée de bas et d'escarpins à talons.

— J'ai sali ma robe et j'ai dû l'enlever J'aurais bien pris une douche, mais je n'avais pas prévu de passer la nuit ici et je n'ai pas emporté de vêtements de nuit…

Là-dessus, elle vacilla sur ses talons et se cramponna à la poignée de la porte comme si sa vie en dépendait.

— Oh ! bon sang, la pièce ne pourrait pas s'arrêter de tourner ? gémit-elle.

La soutenant, Blake l'aida à regagner le lit et la fit asseoir, en s'efforçant de refouler le désir qui le taraudait. Kate avait le genre de physique qu'il admirait chez une femme : grande et mince, mais avec des formes féminines. Cela, d'ailleurs, il l'avait déjà constaté au moment où elle descendait l'escalier. Elle avait aussi une très belle peau, un teint clair et presque diaphane.

— Ce qu'il vous faut, dit-il avec douceur en lui ôtant ses chaussures et ses bas tout en ignorant résolument le creux de ses cuisses, sa taille de guêpe et l'harmonieuse naissance de ses seins, c'est une boisson fraîche et une bonne nuit de sommeil.

— Je viens de boire de l'eau.

— Très bien. Alors, au lit !

Toujours sans la regarder, il la coucha et rabattit les draps. Mais à l'instant où il pensait pouvoir s'éclipser, elle releva la tête et, quêtant son regard, lui dit d'une voix implorante :

— S'il vous plaît, ne partez pas. Pas avant que je ne me sois endormie.

— Mais je… Euh…

— Je ne vais pas vous sauter dessus, je vous assure.

Quel dommage ! Blake eut un sourire amer.

— Très bien, céda-t-il en s'allongeant près d'elle, sur le couvre-lit.

Elle posa sur lui un regard flou.

— Vous êtes vraiment gentil. Un homme bon, murmura-t-elle.

— Beaucoup de gens ne sont pas de cet avis.

— Parce qu'ils ne connaissent pas le vrai Blake, alors, dit-elle en bâillant. Il faut juger les hommes à leurs actes, pas à leurs paroles. Vous êtes un gentleman, quoi qu'en disent certaines personnes.

Blake se demanda de qui elle voulait parler. Avait-il vraiment si mauvaise réputation en ce qui concernait les femmes ? Il se demanda aussi ce que Kate penserait de lui le lendemain lorsqu'il l'emmènerait dîner et entreprendrait de la séduire en usant de toutes les armes de son impressionnant arsenal.

— Vous devriez dormir, lui conseilla-t-il. Une longue journée vous attend, demain.

— Vraiment ?

Y avait-il eu de l'excitation dans sa voix ? Ou se faisait-il des idées ? Il céda à la tentation de l'embrasser, mais pas sur les lèvres. Sur le front.

— Bien sûr, chérie. Nous dînons ensemble, vous ne l'oubliez pas ?

— Oh ! oui.

— Tournez-vous de l'autre côté, dit-il d'une voix rauque. Je vais vous caresser les cheveux jusqu'à ce que vous dormiez.

Elle obéit, et soupira de nouveau lorsqu'il renouvela ses caresses. Il était à la torture, en réalité, mais il se dit que ses efforts en valaient la peine. Il fut soulagé lorsqu'elle sombra enfin dans le sommeil et qu'il put quitter la chambre. Il se répéta qu'il n'aurait pas à attendre longtemps pour satisfaire le désir brûlant qu'elle ne cessait d'éveiller. Moins de vingt-quatre heures le séparaient du but.

Mais alors qu'il se tenait sur le seuil et jetait un dernier regard en arrière, Blake pensa soudain que la Kate du lendemain, délivrée des effets de l'alcool et du spectacle de sa sœur épousant l'homme de ses rêves, ne serait pas tout à fait la même que celle qui s'était ce soir jetée à sa tête. Demain matin, elle éprouverait peut-être de la gêne et de la honte. Elle pourrait bel et bien lui opposer un refus. Quelle affreuse idée !

Refermant la porte, Blake oublia bien vite ce scénario catastrophe. Il n'avait jamais manqué de confiance en lui. Il avait toujours obtenu ce qu'il voulait. Et il voulait mettre Kate dans son lit.

Elle ne lui dirait pas non. Il ferait ce qu'il faut pour ça !

12.

— C'est gentil de votre part de me raccompagner, dit Kate avec une raideur polie une fois qu'ils eurent quitté la maison de Byron.

Blake, au volant de sa Lexus de location, glissa un coup d'œil vers elle. Elle était totalement différente de la demoiselle d'honneur glamour de la veille. Ce matin, elle était toute simple, vêtue d'un jean foncé, de tennis et d'un sweat-shirt gris à l'effigie de l'Opéra de Sydney. Elle n'avait aucun maquillage, et ses cheveux raides étaient ramenés en queue-de-cheval. Elle ne portait aucun parfum.

Il se demanda si c'était une ruse de sa part pour qu'il se désintéresse d'elle. Eh bien, c'était raté. Il n'avait cessé de penser à elle pendant toute la nuit. D'ailleurs, il adorait sa nouvelle apparence. Si naturelle et pourtant si sexy.

— Tout le plaisir est pour moi, répondit-il avec chaleur.

Elle n'ajouta rien, se contentant de regarder à travers la vitre. Blake soupçonnait qu'elle se sentait plutôt mal après ce qui s'était passé la veille, comme il l'avait craint. Cleo avait monté un plateau dans la chambre de Kate vers 10 heures, et était revenue en disant qu'elle paraissait un peu sombre.

— Il n'y a pas lieu d'être gênée, lui dit-il enfin.

Elle tourna vivement la tête et n'avait pas du tout l'air embarrassée.

— Je ne le suis pas, affirma-t-elle. Je l'ai été un peu ce matin, mais ça n'a pas duré.

— Tant mieux.

— Je sais que je me suis ridiculisée hier, mais c'est du passé. Je dois aller de l'avant, maintenant.

— En effet.

— Je crois que je me remettrai tôt ou tard de mon amour déçu pour Lachlan. Mais en attendant je ne vais pas continuer à gâcher mon existence en me morfondant à son sujet et en souhaitant que les choses soient différentes. Je vais me concentrer sur ma carrière.

— Bravo !

Elle lui décocha un drôle de regard.

— Cela ne signifie pas que je vais sauter dans votre lit parce que vous m'avez proposé un rôle.

Blake pila juste à temps. Il avait failli emboutir la voiture qui le précédait, n'ayant pas remarqué que le feu était passé au rouge.

— Vous voulez dire que votre attirance pour moi n'était due qu'à l'alcool ? demanda-t-il avec une nonchalance étudiée.

S'il y avait une leçon que Blake avait tirée de son fiasco avec Claudia, c'était de ne jamais laisser voir à une femme qu'on la désirait comme un fou.

— Peut-être, répondit Kate. Écoutez, Blake, je veux être tout à fait honnête avec vous. Hier, j'étais dans un état plutôt pathétique. Votre intérêt a flatté mon ego fragile. Vous êtes beau. Vous avez réussi et vous avez du pouvoir. Je ne suis pas habituée à ce que des hommes comme vous me fassent des avances.

— Alors, ils sont encore plus fous que je ne croyais ! lança-t-il en lui souriant.

Elle ne lui rendit pas son sourire.

— S'il vous plaît, ne faites pas ça.

— Quoi, ça ?

— Me flatter. Bon, j'ai une ou deux questions à vous poser au sujet du rôle. Sauf, bien sûr, si vous avez changé d'avis en voyant de quoi j'ai l'air au quotidien.

Bon sang, l'ego fragile dont elle parlait semblait avoir disparu ! Il n'y avait pas une once de vulnérabilité dans le regard de Kate, en cet instant. Elle se montrait même plutôt déterminée. Blake réprima un sourire. Dans ce rôle, elle lui plaisait presque autant que dans celui de la fille un peu éméchée.

Le feu passa au vert, et il continua de rouler. Plus lentement, cette fois.

— En fait, j'aime votre allure d'aujourd'hui, lui dit-il. Le genre poupée Barbie n'est pas ma tasse de thé. Donc, ma proposition tient toujours. Ce serait un merveilleux ajout à votre CV et vous vaudrait d'autres rôles. Pas ici en Australie, cependant. Il faudrait que vous déménagiez à Los Angeles et trouviez un agent américain.

— Los Angeles ! s'écria-t-elle en écarquillant les yeux, avant de se ressaisir. Je n'avais pas réalisé… J'avais oublié que vous étiez installé là-bas.

— Je tournerai encore des films en Australie de temps à autre. Mais pas celui que je vous propose. Écoutez, le tournage commence fin novembre, alors, vous avez tout le temps de vous organiser. Nous en sommes encore au stade de la préproduction, et il me reste de petits rôles à distribuer.

— Je vois, dit-elle d'un air songeur. Et comment allez-vous procéder ?

— Je vais demander aux agences de casting avec lesquelles je travaille de m'adresser des candidats et je leur ferai passer une audition. Ensuite, je choisirai.

— Alors, c'est ce que je veux, dit avec fermeté Kate. Passer une véritable audition, en concurrence avec d'autres comédiennes.

Domptant sa frustration, Blake parla avec calme.

— C'est inutile, Kate, le rôle vous est acquis.

— Pourquoi ? Cela n'a pas de sens. Sauf si ce que prétendait Lachlan est vrai. Que vous donnez aux femmes qui vous plaisent de petits rôles pour pouvoir les mettre dans votre lit.

— Lachlan a dit quoi ?

— Vous m'avez parfaitement entendue.

— Quel salaud !

— Est-ce vrai ? s'enquit Kate. C'est votre façon d'agir ?

Que répondre à ça ?

— Cela m'est arrivé, avoua à contrecœur Blake. À une

ou deux reprises. Autrefois, lorsque j'étais malheureux après mon divorce avec Claudia. Je n'en suis pas fier. Mais je ne me suis pas comporté ainsi depuis de nombreuses années. Je ne comprends pas que Lachlan ait pu dire une chose pareille. Je ne mettrais jamais en péril le succès d'un film, aujourd'hui, en accordant un rôle à une actrice que je veux séduire.

— C'est pour ça que vous n'offrez que de petits rôles, a prétendu Lachlan.

Blake sentit qu'il commençait à s'échauffer.

— Et quand, exactement, Lachlan vous a-t-il dit cela ?

— Hier soir.

— Et à quel moment précis, hier soir ?

— Quand je suis allée prendre l'air. Il m'a suivie. Il a dit qu'il se souciait de moi, qu'il s'inquiétait à l'idée que je m'engage dans une relation avec vous.

— Tiens donc. Et vous l'avez cru ?

— J'ai trouvé ça plausible. Après tout, vous veniez de me proposer un petit rôle sans même savoir si je savais jouer la comédie.

— Premièrement, je sais que vous avez un talent d'actrice, Kate. Enfin bon sang, vous êtes diplômée de l'INDA ! Deuxièmement, il s'agit d'un excellent second rôle. Et, troisièmement, je ne vous l'ai pas offert parce que je voulais vous séduire. De toute façon, ce n'est pas parce que j'ai envie de vous que je vous ai proposé ce rôle.

— Ah ? Pour quelle raison, alors ?

Blake soupira.

— Je voulais vous rendre heureuse. Vous voir sourire.

Kate le dévisagea longuement.

— Alors, vous m'avez proposé du travail par pitié ? fit-elle enfin, furieuse.

— Certainement pas ! La pitié, ce n'est pas mon genre. Surtout lorsqu'il s'agit de mes films.

— Et c'est quoi, votre genre ? demanda-t-elle d'un ton de défi.

— Le succès. Et la satisfaction.

— Quelle satisfaction, exactement ?

Il eut un sourire contrit.

— Que cherchez-vous à me faire dire, Kate ? Soit, j'ai envie de coucher avec vous. Ce n'est tout de même pas un crime. Je suis célibataire. Vous aussi. Je suppose que vous avez une vie sexuelle, non ? J'ai pensé que vous aimeriez partager mon lit. Je serais ravi de partager le vôtre. Mais ma motivation principale était de vous voir sourire. C'est la vérité. Si je vous ai offensée, je le regrette. C'était le contraire de mon intention. Écoutez, si ça peut vous rendre heureuse, je vous ferai passer un bout d'essai. Nous pouvons faire ça ce soir. Je loge dans l'appartement de Byron. Nous pourrions nous y retrouver avant que je vous emmène au restaurant. Mais vous revenez peut-être sur votre décision ?

— Je ne reviens sur rien du tout. J'ai seulement besoin de mettre mes idées au clair.

— À quel sujet ?

— Si mon audition se passe bien, et si vous me donnez le rôle, attendrez-vous que je couche avec vous à un moment ou un autre ?

— Seulement si vous le voulez, dit Blake.

Kate ne répondit pas tout de suite. Elle regarda à travers la vitre puis, au bout d'un moment, se tourna de nouveau vers lui.

— C'est de bonne guerre, dit-elle en lui octroyant un petit sourire plutôt énigmatique.

Il se demanda ce que ce sourire signifiait. Cependant, il en tira du réconfort. Et une certaine assurance. Ce qui était bizarre, car il n'était jamais en manque d'assurance, en particulier avec les femmes ! Mais Kate le perturbait, éveillant en lui d'autres émotions que le désir — des émotions qui ne lui ressemblaient guère et auxquelles il n'était pas habitué.

Dans le passé, ses relations avec les femmes avaient été marquées par l'égoïsme. Il s'était uniquement soucié du plaisir qu'elles pouvaient apporter dans sa vie. Oui, il aimait que les femmes flirtent avec lui, le flattent et ne soient que trop disposées à partager son lit. Il ne s'était jamais senti obligé de se mettre en quatre pour leur complaire. Il n'éprouvait pas le besoin de faire des déclarations d'amour ou des promesses d'engagement pour jouir de leur compagnie.

Cependant, Kate faisait ressortir son côté gentleman. Oui, il la désirait. Mais son égocentrisme était tempéré par l'envie de… Eh bien, de la rendre heureuse. Cela ne signifiait pas qu'il ne tenterait pas de la séduire. Mais il s'en abstiendrait si elle lui signifiait qu'elle ne voulait pas de lui.

— Je vais vous prier de faire un détour, lui dit-elle soudain. J'aimerais déposer ma robe de demoiselle d'honneur dans une teinturerie. Je ne peux pas la rapporter dans cet état à la maison. Savez-vous comment aller au centre commercial de Burwood ?

— Pas précisément.

— Nous n'en sommes pas loin. Je vais vous indiquer la route.

Une demi-heure plus tard, ils étaient de retour dans la Lexus, roulant vers la maison des parents de Kate.

— Cela vous fera du bien de changer d'air, dit Blake, qui avait été témoin du stress de Kate dans la laverie. Votre mère est impossible à vivre, apparemment. Et il est clair que Maddie est sa favorite.

Kate soupira.

— Vous avez raison sur les deux points.

— Alors, pourquoi cherchez-vous des excuses pour ne pas venir à Hollywood et vous y bâtir une vie indépendante ?

— Je ne cherche pas d'excuses. Je veux réussir par moi-même. Je refuse qu'on me fasse la charité.

Qu'elle était donc contrariante ! N'importe quelle autre actrice aurait sauté sur l'occasion.

— Vous ne croyez pas dans vos talents d'actrice ? lui lança-t-il d'un ton de défi.

Elle redressa le menton, un éclat flamboyant dans le regard.

— Si, j'y crois. Je suis très bonne comédienne. Sacrément bonne, même.

— Alors, soyez sacrément bonne ce soir, et ça vous ouvrira les portes de Los Angeles !

13.

— Où est ta robe de demoiselle d'honneur ? furent les premiers mots de Janice Holiday lorsque Kate entra dans la cuisine familiale, peu après midi.

Kate prit une inspiration et compta jusqu'à dix, puis répondit calmement :

— À la teinturerie. Quelqu'un m'a donné un coup de coude, et j'ai renversé du vin dessus.

— Mais enfin, tu ne pourrais pas faire un peu attention ? J'ai été bien inspirée de rapporter la robe de Maddie, sinon elle serait fichue elle aussi !

— Ma robe n'est pas fichue. L'employée a dit qu'elle serait comme neuve.

— J'y compte bien. Est-ce que tu as eu ta sœur ? Elle m'a téléphoné de l'aéroport et dit qu'elle avait essayé de te joindre mais que ton mobile était coupé.

— En effet.

Et il le resterait. Maddie était la dernière personne à laquelle Kate avait envie de parler. Elle n'avait pas envie de l'entendre s'extasier sur sa nuit de noces ou détailler les étapes de sa future lune de miel.

Sa mère leva les yeux au ciel d'un air excédé.

— À quoi bon avoir un portable, si c'est pour ne pas t'en servir ? Bref, Maddie m'a chargée de te transmettre un message. Du diable si je comprends ce que ça signifie ! Elle espère que tu as suivi son conseil et que tout a bien marché. Tu vois de quoi elle veut parler ?

— Oui, dit Kate, qui chercha quelle demi-vérité livrer à

sa mère pour ne pas la scandaliser. Elle m'a suggéré de faire du charme à Blake Randall pour obtenir un rôle.

— Et tu as suivi le conseil ?

— Et comment !

— Et… ?

Des visions jaillirent dans l'esprit de Kate, dont elle ne pouvait pas faire part à sa mère.

— Blake serait ravi de me faire tourner un bout d'essai puisque je suis diplômée de l'INDA.

— Oh ! Ta sœur est très habile !

Kate faillit perdre son sang-froid. Fallait-il vraiment que Maddie soit créditée de tout ?

— Et il a lieu quand, ce test ? continua avidement sa mère.

— En fin d'après-midi, dit Kate, pensant qu'elle ferait tout de même bien de rallumer son portable. Blake rentre à Los Angeles dans quelques jours, il est pressé. Bon, je vais m'allonger un peu, la nuit dernière m'a fatiguée. Inutile de me préparer à manger. Blake m'emmène dîner après l'audition.

— Blake Randall t'emmène dîner ? répéta sa mère, bouche bée.

— Oui. Ça te pose un problème ?

Janice secoua la tête, à court de mots.

— Eh bien… Disons que tu n'es pas le genre de femme que les hommes comme lui invitent à dîner, d'habitude, finit-elle par dire. Mais je suppose que tu étais étonnamment séduisante, hier.

Elle plissa les yeux en considérant la tenue de Kate, et ajouta :

— Mets autre chose, tout de même. Maquille-toi et coiffe-toi un peu. Franchement, il n'y a rien d'étonnant à ce que tu n'aies pas de petit ami depuis des années. Tu ne fais aucun effort.

— Je n'ai peut-être pas envie d'en avoir un, répliqua Kate.

— Je parierais plutôt que tu ne peux pas avoir celui que tu voudrais, marmonna sa mère.

— Ah, tu ne vas pas t'y mettre aussi ! maugréa Kate.

Bon sang, tout le monde savait-il, dans sa famille, qu'elle était amoureuse de Lachlan ?

Oui, bien sûr, ils savaient. Il était temps, alors, de mettre les choses au point.

— Si c'est de Lachlan que tu parles, tu te fourvoies, dit-elle. J'ai eu un faible pour lui, c'est vrai, mais il y a belle lurette que j'en suis remise. Je suis même navrée pour Maddie, car il n'est pas du genre à rester fidèle.

— Fadaises ! s'écria sa mère. Il est fou d'elle. Et pourquoi irait-il voir ailleurs si l'herbe est plus verte ? Elle est si belle, et ils forment un couple magnifique. Tu es jalouse, c'est tout.

— Non, je ne suis pas jalouse, dit Kate, avec l'assurance de quelqu'un qui énonce une vérité.

Car, si surprenant que cela soit, Kate n'était plus jalouse de Maddie. Mais alors, plus du tout ! Son effondrement de la veille semblait avoir balayé toutes les émotions autodestructrices qui l'avaient empoisonnée pendant si longtemps. Ce matin, sa dépression avait disparu, ainsi que son manque d'énergie. Elle se sentait plus forte et plus sûre d'elle que jamais.

En fait, ses sentiments pour Lachlan étaient sur le déclin. Elle était enfin capable de le voir tel qu'il était : égoïste, arrogant, narcissique, obsédé par son propre succès. Elle devinait qu'il n'aimait pas plus Maddie que Maddie ne l'aimait. Chacun n'était aux yeux de l'autre qu'une sorte de faire-valoir. Elle aurait parié que leur mariage ne tiendrait pas deux ans.

— Qui vivra verra, lâcha-t-elle avant de quitter la cuisine.

Lorsqu'elle atteignit sa chambre, elle avait oublié les commentaires désobligeants de sa mère, ainsi que Lachlan et Maddie. Elle avait bien autre chose à penser : qu'allait-elle porter ce soir ?

Kate n'était pas trop inquiète au sujet de l'audition. Blake avait affirmé qu'il lui donnait le rôle de toute façon. C'était elle qui avait tenu à la passer pour sauvegarder sa dignité. Elle serait merveilleuse, ce soir. Sa fierté l'exigeait. Cette fierté qui l'avait poussée à affirmer qu'elle ne céderait pas aux avances de Blake parce qu'il lui avait promis du travail.

La réaction de Blake avait été révélatrice : il avait failli emboutir la voiture qui les précédait ! Sûr qu'elle partagerait son lit, il avait eu l'intelligence de masquer la vérité. « Seulement si vous le voulez… »

Quelle tentation ! Car elle avait envie de se donner à Blake et craignait de lui avouer son désir. Alors, elle avait pris le temps de se ressaisir avant de lui faire une réponse nonchalante. Cela n'avait pas semblé le rebuter. Il pensait sûrement qu'elle finirait par lui accorder tôt ou tard ce qu'il voulait.

Elle ne comprenait pas qu'il continue de s'intéresser à elle — aujourd'hui, elle n'était pas très séduisante. Mais elle serait séduisante ce soir ! Elle possédait quelques jolies toilettes, presque toutes choisies par sa sœur. L'une d'elles lui venait plus particulièrement à l'esprit. C'était une robe de cocktail en satin rouge, à hauteur du genou, avec de fines bretelles, une coupe moulante, qui avait été présentée en vitrine avec d'élégants escarpins aux talons vertigineux. Le mannequin portait aussi un pendentif en diamants de forme ovale, au bout d'une longue et fine chaîne d'argent.

Maddie avait insisté pour qu'elle achète l'ensemble, bijou compris. Par chance, ce n'était qu'un accessoire de théâtre. Le tout avait pourtant coûté plus de cinq cents dollars, et Maddie avait payé avec sa carte de crédit.

— Considère ça comme un cadeau d'anniversaire anticipé, avait-elle dit.

Kate l'avait trouvée très généreuse. Elle se demandait maintenant si sa sœur n'avait pas été poussée en partie par un sentiment de culpabilité. En tout cas, la robe était très chic. Elle se sentirait bien dans cette tenue, ce soir.

Elle la sortit du dressing. Puis elle ralluma son téléphone — Maddie était dans l'avion, maintenant — et s'allongea sur son lit, quêtant un peu de repos. Mais son esprit ne la laissa pas en paix, la ramenant sans cesse à Blake. Elle se demanda s'il avait toujours l'intention de la séduire. Non, sans doute pas. Un gentleman tenait toujours parole.

Mais Blake n'était pas réellement un gentleman, n'est-ce pas ? Il s'était montré plein de bonté, la veille. Et très élégant. Mais elle se doutait que ce n'était pas dans sa nature, qu'il était un habile et audacieux séducteur n'hésitant pas à acheter la complaisance d'une femme. Il savait aussi dire les mots qu'on aimait entendre…

« Je voulais vous rendre heureuse, vous voir sourire… »

Pouvait-elle le croire ? Pourquoi se serait-il soucié de la voir heureuse ? Il ne la connaissait même pas !

Lachlan avait affirmé que la rupture de Blake avec Claudia l'avait rendu amer et retors, qu'il se servait des femmes et les traitait mal. Mais cela ne sonnait pas vrai non plus. Il y avait de la bonté en lui. De la compassion. Oh ! Comme elle aurait aimé en avoir le cœur net ! Blake était une véritable énigme. Mais elle avait intérêt à s'en tenir à sa décision, ce soir, et à ne pas se laisser séduire… Même si son pouls accélérait à cette pensée.

14.

Quand, peu après 16 heures, sa mère passa une tête dans l'entrebâillement de la porte pour lui annoncer qu'elle et son père dînaient chez des amis puis s'éclipsa sans même lui souhaiter bonne chance, Kate fut soulagée — et un peu vexée. Ce qui était absurde, car elle n'avait nul besoin des commentaires désobligeants de sa mère sur son apparence !

À 18 heures précises, elle faisait les cent pas dans le salon, guettant l'arrivée de Blake. Dix minutes plus tard, elle était au bord de la panique. Il ne venait pas ! Il avait changé d'avis ! Et s'il avait eu un accident ?

Ce fut alors qu'elle le vit se garer le long du trottoir, et bondir hors de la Lexus argentée. Dieu, qu'il était beau, vêtu tout en noir ! Mais il semblait rembruni, alors qu'il se hâtait de franchir la grille et de remonter l'allée. Kate le fit patienter quelques secondes avant d'ouvrir, en s'efforçant de rester calme au lieu de réagir comme une adolescente à son premier rendez-vous. En fait, c'était bel et bien son premier rendez-vous depuis des années. Cela aurait dû la déprimer, mais elle n'était pas d'humeur à se désoler, ce soir. Elle avait une audition avec le brillant, le sexy Blake Randall, et ensuite, ils sortaient dîner ! Fantastique, non ?

Il l'enveloppa du regard avant de lâcher d'une voix rauque :

— Seigneur, Kate ! Vous êtes sans pitié pour un homme, n'est-ce pas ?

— Que voulez-vous dire ? s'enquit-elle, feignant de ne pas comprendre.

— Vous le savez parfaitement, tentatrice ! plaisantat-il. Vous auriez pu au moins porter un chignon sévère au lieu de garder vos cheveux lâchés. Je vous avoue que j'ai un faible pour les cheveux longs, en particulier s'ils sont lisses, soyeux et couleur de miel. Et les robes en soie et les escarpins à hauts talons me font craquer.

Là-dessus, il poussa un soupir théâtral.

— Je croyais que vous vouliez éviter les ennuis, ce soir ? Oh ! je ferai de mon mieux pour me contenir, mais je ne peux rien vous promettre. Bon, allons-y ! Nous sommes déjà en retard.

— Donnez-moi un instant pour prendre mon sac et verrouiller la porte.

Tout en se hâtant, Kate jeta un coup d'œil à son reflet dans le miroir du vestibule. Elle avait les joues empourprées, les yeux brillants. Bon sang, Blake était vraiment diabolique ! Car elle n'avait pas du tout envie qu'il s'interdise de la toucher, n'est-ce pas ?

— Où est votre chère mère ? s'enquit-il avec ironie alors qu'ils gagnaient la voiture.

— En visite chez des amis.

— Sait-elle que vous sortez avec moi ce soir ?

— Oui. Je l'ai mise au courant, pour l'audition et pour le dîner.

— Et ?

— Ça l'a d'abord surprise, et puis elle s'en est désintéressée.

— Elle ressemble tout à fait à ma mère, vous savez, dit Blake.

— Vraiment ? En quoi ?

— J'ai un frère aîné, James. Il est la prunelle de ses yeux. Tout ce qu'il fait est parfait. Moi, je suis le mouton noir.

— Alors, vous me comprenez ? soupira Kate, bouclant sa ceinture de sécurité.

— Oh oui !

Après s'être installé au volant, il lui tendit une tablette.

— Elle contient les trois scènes où vous figurerez. Vous pouvez les étudier pendant le trajet jusque chez Byron. Comme ça, vous serez prête en arrivant. Votre personnage est une secrétaire qui a une liaison avec son patron, un homme marié. C'est une femme fatale qui cache son jeu. Je suis sûr que vous comprendrez très vite l'essence du personnage.

Kate comprit soudain qu'elle était sur le point de passer un bout d'essai pour le grand Blake Randall, réalisateur de talent. Jusqu'ici, cela lui avait paru un peu irréel. Et elle avait supposé qu'elle s'en tirerait bien. Mais… Si elle ratait tout ?

Elle commença à avoir l'estomac noué par le trac, à mesure qu'elle lisait. La première scène n'était pas trop difficile. Juste un échange entre un patron et son assistante, avec d'astucieux sous-entendus dans le dialogue. La troisième scène paraissait aussi à sa portée : au bureau, le patron mettait fin à leur liaison pour sauver son mariage ; l'assistante avait trouvé un nouveau job et démissionnait en lançant qu'elle avait ferré un plus gros poisson.

L'idée de jouer une garce plaisait à Kate. Ce genre de rôle marquait souvent les esprits. Mais la deuxième scène lui donnait des sueurs froides. Dans une chambre d'hôtel, l'assistante, nue sous les draps, regardait son amant en train de s'habiller. Celui-ci, d'une « sensualité brûlante », lui lançait un « regard comblé, langoureux ». Elle grillait lentement une cigarette, louant les qualités d'amant de son partenaire et affirmant qu'elle n'avait jamais rien vécu d'aussi épanouissant.

— Alors, qu'en pensez-vous ? demanda Blake, qui avait peut-être perçu son malaise.

— Je crois, dit-elle avec lenteur, que j'aurai du mal à entrer dans la peau du personnage.

— Pourquoi ?

Kate se devait d'être honnête. Ou risquer de se ridiculiser. Elle choisit d'être franche :

— Quand je joue, je puise dans mon expérience personnelle pour m'aider à rendre les émotions. Et je crains de n'avoir aucune source d'inspiration pour la deuxième scène.

Blake fronça les sourcils.

— Que voulez-vous dire ? Mettez-moi les points sur les *i*.

— Si vous voulez tout savoir, soupira Kate, j'ignore ce que c'est d'être comblée. Je n'ai eu que trois petits amis.

Et je n'ai jamais partagé le lit d'un homme, ça s'est passé à l'arrière d'une voiture ou sur un canapé. La première fois, c'était pendant ma dernière année de collège. Il était aussi maladroit que moi. Les autres, c'était à l'université, lorsque je suivais un cursus d'art en attendant d'entrer à l'INDA. Ils étaient un peu moins gauches que le premier, mais tout juste.

— Je vois, dit Blake, songeur. Et à l'INDA ? Des garçons plus âgés et expérimentés vous ont sûrement invitée à sortir avec eux ?

— Oui. Mais je ne voulais pas.

Blake leva les yeux au ciel.

— Inutile de me faire un dessin. Vous étiez déjà follement amoureuse de Lachlan.

Son intonation railleuse fit rougir Kate.

Il y eut un silence embarrassé, et Kate vit avec surprise qu'ils étaient au cœur du centre d'affaires de Sydney. Blake s'engagea dans un parking souterrain, actionnant la barrière de sécurité. Pendant qu'elle s'élevait avec lenteur, il bougonna :

— Je suppose que vous n'êtes sortie avec personne cette année non plus ?

Elle fit signe que non, la bouche sèche.

— Vraiment ? s'exclama-t-il pendant qu'il garait la voiture.

Il en descendit, ouvrit la portière et entraîna Kate hors du véhicule, jusqu'à la rangée d'ascenseurs, tout en la foudroyant du regard.

— Plus un mot, lui jeta-t-il alors qu'elle allait s'insurger contre son attitude d'homme des cavernes.

Dans l'ascenseur, Kate prit ses distances, croisant les bras et s'enfermant dans son malheur. Elle n'allait pas réussir le bout d'essai, c'était évident. Peut-être Blake s'apprêtait-il à lui faire la leçon au sujet de Lachlan ? En tout cas, il semblait furieux.

Quand la porte de l'ascenseur s'ouvrit sur le dernier étage, il sortit sans s'assurer qu'elle le suivait. Elle lui emboîta le pas. Qu'aurait-elle pu faire d'autre ?

L'appartement de Byron correspondait en tout point à l'idée que se faisait Kate du lieu de vie d'un milliardaire.

Les pièces immenses étaient superbement meublées, la vue depuis la terrasse presque aussi spectaculaire que depuis Centrepoint Tower, la tour d'observation du cœur de Sydney — une des plus belles villes du monde. Mais Kate n'était pas d'humeur à se laisser impressionner. Ni à subir une leçon.

— Je crois, dit-elle d'un air résolu, que vous devriez me ramener chez moi. J'appellerais bien un taxi, mais mon sac et mon portable sont restés dans votre voiture.

15.

Blake était partagé entre l'envie de séduire Kate et de la gifler.

— Ne soyez pas ridicule !

— Je vous interdis de me parler comme ça ! rétorqua-t-elle. Vous vouliez la vérité, vous l'avez. Navrée si vous jugez ridicule d'aimer quelqu'un au point de ne vouloir personne d'autre. Je ne doute pas que vous ayez séduit des tas de femmes après votre rupture avec Claudia mais, moi, je ne suis pas comme ça. Mes sentiments sont plus profonds.

— Il n'y a plus qu'à sortir les violons, c'est ça ?

— Oh ! lâcha-t-elle, outrée.

— Puis-je vous rappeler que vous auriez été ravie de céder à mes avances, hier soir ? lui jeta-t-il.

Elle avança vers lui, le regard flamboyant de colère.

— Ce n'est pas très charitable, de remettre ça sur le tapis ! J'avais bu. Vous le savez très bien.

— Pas au début. Ce n'est arrivé qu'après, lorsque votre charmante sœur vous a empoisonné la soirée. Vous me désiriez lorsque nous avons dansé, ma chère. Vous avez toujours envie de moi, d'ailleurs.

— Sûrement pas. Je… Je…

Blake en avait assez de désirer cette femme et d'attendre qu'elle veuille bien admettre qu'elle le désirait aussi. Il l'attira entre ses bras et l'embrassa, presque brutalement, emporté par un mélange de frustration et de passion violente. Elle se figea d'abord, puis se laissa aller contre lui en gémissant, nouant les bras autour de son cou, pressant ses seins ronds et doux contre son torse. Son geste de reddition apaisa sa colère, et il adoucit le baiser, glissant les mains sous son chandail pour lui caresser les reins. Elle frémit, et il sentit son sexe se durcir.

Je vais trop vite. Il faut que je calme le jeu. Absolument. La précipitation n'est pas recommandée, avec elle.

Elle n'était pas vierge, mais c'était tout comme.

Kate gémit lorsque Blake releva la tête. Elle ne voulait pas qu'il s'arrête. Jamais on ne l'avait embrassée ainsi ! Et c'était étourdissant.

— Bon, lui dit-il avec un sourire en coin, avant de continuer, j'ai une question à vous poser.

— Pardon ? fit-elle, l'air étourdi.

— Est-ce que c'est oui ?

— Oui à quoi ?

Il rit.

— Avez-vous oublié notre marché ? Que nous ne ferions l'amour que si vous étiez d'accord.

— Oh. Oh ! oui. Non. Je veux dire, oui, j'avais oublié.

— Alors, c'est oui ou c'est non ?

— C'est oui, dit Kate, le cœur battant.

— Vous ne m'accuserez pas d'avoir profité de vous ? Ou de vous avoir amenée à coucher avec moi en vous offrant un rôle ?

— Non.

— Tant mieux. Eh bien, je pense que nous devons fêter ça. J'ai vu une bouteille de champagne dans le réfrigérateur, tout à l'heure. Suis-moi.

Kate cilla, puis lui emboîta le pas dans l'une de ces cuisines qu'on ne voit que dans les magazines de luxe, toute en blanc et acier inox, avec des plans de travail en granit.

— Qu'est-ce qu'on fête ? demanda-t-elle alors qu'il sortait le champagne et deux coupes.

— Ta découverte du fait que la sensualité peut être indépendante de l'amour.

Le bouchon ne tarda pas à sauter, et Blake remplit les

coupes, lui en donnant une avant de porter la sienne à ses lèvres… Ces lèvres au pli implacable qui, un instant plus tôt, l'avaient étourdie de plaisir.

— As-tu déjà eu un orgasme ? voulut-il savoir.

Seigneur ! Que répondre à ça ?

— Oui, dit-elle. Mais… pas avec un partenaire.

— Bon. Au moins, tu as déjà éprouvé du plaisir.

— C'est une conversation très intime, souligna Kate, mal à l'aise.

— Mais nécessaire, si je veux t'apporter ce que tu désires. Et dont tu as besoin. Allons, viens, emportons le champagne dans la chambre, et poursuivons notre aventure.

— Aventure ? fit Kate, atterrée et excitée à la fois.

— Ce n'est qu'une façon de parler, ma douce. Ne sois pas offensée. Le sexe peut être réjouissant, tu sais. Une sorte de récréation suivie de la plus délicieuse sensation de détente. Rien n'oblige à en faire un sujet grave et chargé d'émotion. Si on est amoureux, la déception guette parfois, car on prend les choses trop à cœur. Et vouloir trop bien faire gâche le plaisir.

— Je n'en sais rien, murmura Kate, l'estomac soudain noué.

— Tu es un peu pâle, tout à coup.

— C'est de la nervosité, je crois.

— Tu n'étais pas nerveuse quand je t'ai embrassée. Lorsque nous recommencerons, tout ira bien, fais-moi confiance.

Kate se fia à lui, et se laissa mener dans la chambre la plus magnifique qu'elle ait jamais vue, avec un vaste lit tout blanc, couvert d'un plaid gris. Elle avala une nouvelle gorgée de champagne, en tentant de s'imaginer allongée dessus, nue auprès de Blake.

Lui ôtant la coupe des mains et la posant sur une table de nuit, Blake l'enlaça. Son regard s'obscurcit alors qu'il observait le visage anxieux de Kate.

— Tu penses trop, lui dit-il.

Embrasse-moi, c'est tout. Embrasse-moi et emmène-moi encore là où le monde réel s'efface et où il n'y a que ta bouche sur la mienne, tes mains sur mon corps…

Il lui donna un baiser, mais avec lenteur, avec tendresse, promenant ses lèvres sur les siennes jusqu'à ce qu'elle les entrouvre. Elle eut un soupir étranglé lorsque leurs langues se rencontrèrent, mais au lieu de lui octroyer une caresse profonde, il se fit plus langoureux, faisant naître en elle un mélange de plaisir et de frustration. Ses mains aussi étaient douces et légères, et au lieu de se faufiler hardiment sous son haut, comme tout à l'heure, elles lui effleurèrent le dos à travers ses vêtements.

Quand il s'interrompit, elle gémit en signe de protestation, et Blake sourit.

— Mais pourquoi tant de hâte ? murmura-t-il.

— Quoi ?

— Rien. Viens, assieds-toi. Je veux t'enlever ces escarpins.

Elle s'installa sur le bord du lit et le laissa faire, étonnée, alors qu'il mettait un genou à terre et la délivrait de ses souliers. Puis il ajouta qu'elle devait libérer le haut de son corps, si ravissante soit sa robe.

Kate pensa aussitôt que son soutien-gorge en coton, simple et ordinaire, n'était pas très sexy. Mais elle n'eut guère le temps de s'en inquiéter, car Blake lui avait déjà enlevé son pendentif pour le déposer sur la table de nuit et baissait à présent les bretelles de la robe fourreau.

— Si j'avais su, balbutia-t-elle, j'aurais mis des dessous plus sexy… À condition d'en avoir.

— Allons, allons, Kate, dit-il en riant. Et que fais-tu de la guêpière noire d'hier ? Elle était si sexy que j'en étais tout émoustillé.

— C'est Maddie qui me l'a achetée.

— Ah… Maddie la grande séductrice. Du moins, c'est ce qu'elle croit.

— Tu n'es pas de cet avis ?

— Je t'ai déjà dit qu'elle n'est pas mon genre. Toi, en revanche…, murmura Blake en s'attaquant à la fermeture de son soutien-gorge.

Kate eut un petit coup au cœur lorsqu'il le lui enleva et qu'elle se retrouva nue jusqu'à la taille, assise devant lui.

Pourtant, bizarrement, elle était plus excitée que gênée. Et elle avait le souffle court.

Le regard de Blake se posa sur ses seins aux pointes raidies, comme tendues vers lui pour quêter les caresses de ses mains ou de sa bouche.

— Oh ! oui, dit-il d'une voix rauque, tu es vraiment mon genre.

À l'instant où elle pensait qu'il allait enfin lui accorder ce à quoi elle aspirait, de nouveau, il s'agenouilla à demi et, glissant les mains sous la robe, il lui ôta prestement son slip en coton blanc. Puis, la renversant en arrière posa les lèvres non pas sur la pointe tendue d'un sein, mais sur le cœur de sa féminité, dont elle n'avait pas réalisé qu'il aspirait plus encore aux caresses.

Elle eut un hoquet, puis se mit à gémir. Les doigts et la bouche de Blake lui procuraient des sensations tout à fait inédites pour elle qui la rendaient brûlante de désir et incapable de résister. C'était une torture délicieuse, enivrante, à en perdre la raison. Et elle se sentait au bord de la jouissance…

Blake interrompit son manège.

— Non ! Continue ! s'écria-t-elle.

— Il le faut, ma douce, dit-il en se redressant et en rabattant la jupe.

— Mais je… J'allais… J'étais sur le point de… Tu sais bien, balbutia-t-elle en se redressant, frustrée.

— Je sais. Mais moi aussi.

— Oh !

Et à cet instant seulement elle remarqua qu'il avait le souffle court, lui aussi.

— Cela ne m'était jamais arrivé, avant, maugréa-t-il en la fixant d'un air sombre comme si elle était responsable de son émoi.

— Je suis désolée.

Mais il était absurde qu'elle s'excuse, elle n'avait commis aucune faute !

— Il y a plusieurs semaines que je n'ai pas couché avec

une femme, marmonna encore Blake comme s'il cherchait une raison valable pour expliquer son manque de contrôle.

— Ah ? lâcha Kate, étonnée.

Elle avait toujours cru que les hommes aussi séduisants que Blake ne restaient jamais très longtemps sans faire l'amour. Que des femmes se jetaient constamment à leur tête.

— Eh oui, soupira-t-il en passant les doigts dans ses cheveux. Vu les circonstances, autant passer aux choses sérieuses.

16.

— Il faut d'abord que j'aille à la salle de bains, mentit Blake. Si tu te mettais au lit, en attendant ?

Là-dessus, il s'esquiva, pressé d'avoir un instant de solitude. Il referma la porte derrière lui avec soin, préoccupé par ce qui venait de se produire. Il n'arrivait pas à croire qu'il avait failli perdre le contrôle de lui-même. C'était très embarrassant. Au lieu de donner à Kate un extrême plaisir, dont elle se souviendrait longtemps, qu'avait-il fait ? Il avait frôlé le fiasco !

Peut-être avait-il trop voulu lui plaire. Cette idée le dérangeait. Il n'était pas du genre à prendre les choses trop à cœur, en général.

Il jeta un coup d'œil à son reflet dans la glace et fut choqué par ce qu'il vit. Non pas le Blake désinvolte qu'il connaissait, mais un homme qui commençait à éprouver des sentiments trop forts. Pour Kate. C'était ça, le problème. Ça l'était depuis le début, depuis l'instant où il l'avait vue descendre l'escalier, l'air hagard et terrifié.

Il était terriblement contrarié qu'elle soit amoureuse de Lachlan — auquel elle pensait sans doute lorsqu'elle s'accordait un plaisir solitaire, seule dans sa chambre. Il voulait lui ôter ce sale type de l'esprit. Il voulait lui donner matière à rêver à quelque chose de meilleur… Quelqu'un de meilleur.

Et ce serait qui, ce quelqu'un ? Toi, Blake Randall ? Un homme qui ne croit même pas à l'amour, au romantisme, ni à aucune des choses qui semblent avoir tant d'importance pour les femmes ? Que pourrais-tu bien lui donner qui en vaille la peine ? Qui influerait de façon positive sur sa vie ? Qui la rendrait heureuse ? Ou moins malheureuse, en tout cas ?

L'occasion de réussir sa carrière de comédienne, supposa-t-il. Et une approche plus saine de la sexualité. Il n'était pas nécessaire que le sexe et l'amour aillent de pair. Il valait mieux s'en tenir au plaisir sensuel. À la récréation. Il le lui avait affirmé, et c'était exactement ce qu'il allait lui apporter.

Et si Kate ne lui était pas indifférente, où était le problème ? Il avait tout de même le droit de tenir à quelqu'un, non ? Ce n'était pas un crime.

Après avoir enlevé sa robe, Kate s'était faufilée, nue, sous les draps, et frissonnait un peu. La pièce était pourtant bien chauffée et bénéficiait de l'air conditionné, comme l'ensemble de l'appartement en terrasse.

Son cœur fit un bond lorsque Blake rentra dans la chambre, mais son sourire l'apaisa un peu.

— Désolé, dit-il en enlevant sa chemise.

Jusqu'ici, Kate n'avait pas vraiment imaginé le corps de Blake dans sa nudité. Elle le découvrait grand et mince, avec des épaules bien découpées, une peau bistrée. Mais la réalité était encore plus magnifique qu'elle n'aurait pu le supposer. Il avait le torse musclé, parcouru d'une ligne de poils sexy qui descendait jusqu'à son ventre.

— Tu dois beaucoup fréquenter les salles de sport, commenta-t-elle pour dire quelque chose au lieu de le fixer bêtement.

— J'ai une salle de gym chez moi. Tout le monde fait de l'exercice, à Hollywood. Sauf les gros producteurs ventrus qui se contentent d'engranger les dividendes et passent leur vie en déjeuners d'affaires.

— Je fais du jogging de temps à autre. Et je marche beaucoup, puisque je n'ai pas de voiture, dit Kate en s'efforçant de ne pas trop regarder Blake qui avait à présent enlevé son pantalon et s'était assis au bord du lit.

— Tu as une très jolie silhouette. J'en suis fou. J'aime ton naturel.

Quand Blake se détourna pour enlever son boxer noir, Kate fut soulagée. Mais ce fut un soulagement de courte durée. Lorsqu'il chercha son portefeuille pour y prendre un préservatif, elle vit son érection. Elle était impressionnante et elle en eut la bouche sèche. Son pouls s'accéléra à la pensée de ce qui l'attendait.

Elle détourna les yeux alors qu'il se gainait du préservatif, ne lui prêtant de nouveau attention que lorsqu'elle sentit ployer le matelas sous son poids viril.

— Ne fais pas ta timide, lui dit-il en l'attirant entre ses bras.

— Je suis un peu nerveuse, c'est tout. J'ai besoin que tu m'embrasses encore.

— Et moi, j'ai besoin de t'embrasser aussi, fit Blake en s'exécutant aussitôt.

La caresse était plus délicieuse encore lorsqu'ils étaient nus l'un contre l'autre, pensa-t-elle. C'était si excitant, si intime ! Et cela lui donnait envie d'autre chose… Il ne lui fallait pas que des baisers, elle voulait aussi un contact physique plus étroit. Elle voulait sentir Blake en elle. Nouant les jambes autour de ses reins, elle s'offrit à lui, l'incitant en silence à la prendre. Tout de suite !

Il obéit à son injonction muette, la pénétrant, la faisant rouler sur le dos pour s'enfoncer plus profondément encore en elle…

Elle se croyait presque sur le point de défaillir lorsque la jouissance déferla en elle, inouïe et affolante.

— Blake ! Oh ! Blake !

Il atteignit presque en même temps qu'elle l'acmé du plaisir, émettant un cri de jouissance rauque et puissant, secoué d'un long frisson alors qu'il se libérait enfin. Puis il s'allongea sur elle, le visage enfoui dans sa chevelure.

Elle le retint contre elle, savourant le contact et le poids de son corps. Elle ne se sentait pas languide et amollie, comme on le prétendait dans les romans. Au contraire, jamais elle ne s'était sentie aussi pleine d'énergie, aussi vivante. Elle avait hâte de renouveler leurs ébats. Avec Blake, elle voulait tout expérimenter. Essayer toutes les positions possibles, et pas seulement dans un lit.

Des fantasmes sauvages l'assaillaient, et elle se vit faire avec lui ce que Maddie faisait avec Lachlan.

Lachlan…

Kate fut choquée de constater qu'elle pensait à lui alors qu'elle était au lit avec un autre. En fait, en pensant à lui, elle éprouvait une sorte de répulsion. Avait-elle enfin cessé de l'aimer ? Elle commençait à croire que oui !

Elle remua légèrement et, redressant la tête, Blake lui sourit. Elle sourit en retour, comblée.

— Je jurerais que tu n'auras pas trop de difficulté avec cette fameuse deuxième scène, après tout, lui dit-il avec une étrange lueur dans le regard.

17.

— Tu pars où ? s'écria d'un air horrifié la mère de Kate.

Kate ignora — en apparence du moins — sa réaction, qu'elle avait anticipée.

— Tu m'as très bien entendue, maman. Je pars à Hollywood. Mon bout d'essai s'est très bien passé hier soir. Blake me confie le rôle.

Décidément, elle jouait très bien la comédie. Elle n'avait laissé percer aucune ironie. Aucune honte non plus. Elle n'avait d'ailleurs aucune honte de ce qu'elle avait fait cette nuit avec Blake. Et ferait à l'avenir. Il lui avait ouvert la porte d'un monde nouveau qu'elle comptait explorer pleinement, et elle ne pensait pas juste à sa carrière.

— Il m'a proposé de m'accueillir chez lui en attendant que je trouve mes marques.

Elle avait hâte de vivre avec lui, de le retrouver chaque soir. Même si leur liaison ne devait pas durer.

Janice Holiday considéra sa fille en plissant les yeux.

— Et pourquoi ferait-il une chose pareille ?

— Pourquoi pas ? C'est un homme bon et généreux. C'est lui qui a trouvé cet endroit ravissant pour le mariage de Maddie et vous a fait économiser une fortune.

— Nous avons payé la tente de réception ! maugréa Janice. Et le traiteur. D'ailleurs, il est venu au secours de Lachlan, pas de nous. C'est grâce à lui que Blake Randall est riche.

— C'est plutôt l'inverse, maman. C'est grâce à Blake que

Lachlan a fait fortune. Sans lui, ce serait encore un acteur inconnu tirant le diable par la queue.

— Fadaises ! C'est le talent de Lachlan qui a fait sa réussite. Sans lui, il en serait encore à tourner de petits films ennuyeux que personne ne va voir.

Kate se garda d'objecter, c'était inutile. Janice voulait toujours avoir le dernier mot.

— Ne t'imagine pas que je suis dupe, continua cette dernière d'un ton acide. Les hommes comme lui attendent toujours quelque chose en échange de leur prétendue générosité. Tu as couché avec lui, n'est-ce pas ?

Kate ne répondit pas.

— Eh bien, ce n'est qu'une question de temps, reprit sa mère. Je parie que tu le revois aujourd'hui.

— Non. Il a une partie de golf avec Byron, et un important dîner ce soir. Et il s'envole pour Los Angeles demain matin. J'ai l'intention de le rejoindre au plus vite. En tant qu'Australienne j'ai droit à un visa de quatre-vingt-dix jours, renouvelable. Blake assure que lorsque j'aurai un contrat, je pourrai régulariser ma situation.

— Tu n'as pas encore signé de contrat, alors ?

— Pas encore. Je le ferai là-bas.

— Et qui va payer ton billet d'avion ? Tu n'as pas le sou. Est-ce que ton généreux monsieur Randall va mettre la main à la poche ?

C'était exactement ce que Blake avait proposé, mais Kate avait refusé. Elle aurait eu l'impression d'être une maîtresse entretenue. Elle désirait que Blake donne un coup de pouce à sa carrière. Et lui fasse merveilleusement l'amour, bien sûr.

— J'espérais que papa et toi me paieriez le voyage.

— Tu es nourrie et logée ici. C'est bien assez, tu ne trouves pas ?

— Maddie aussi était nourrie et logée. Et elle gagnait sa vie comme réceptionniste, fit valoir Kate qui domptait difficilement sa colère. Cela ne vous a pas empêchés de lui payer une voiture, une opération de chirurgie esthétique et tout un tas de choses onéreuses au fil des ans. Je n'ai jamais rien demandé, moi !

Le père de Kate apparut soudain sur le seuil, en robe de chambre. Kate en fut surprise, car elle le croyait au travail. Mais il lui arrivait parfois de prendre son lundi.

— Pourquoi cette dispute ? voulut-il savoir.

Sa mère se lança aussitôt dans une diatribe, expliquant en détail et selon son propre point de vue de quoi il retournait.

— Il n'y a pas d'illusions à se faire sur ce qu'il veut, conclut-elle. Même si on peut se demander pourquoi, car Kate est loin d'être une beauté éblouissante comme notre Maddie. Je comprendrais que ce soit elle que Blake Randall veuille engager. Qu'en penses-tu, Neville ?

— Ce que j'en pense ?

Kate n'avait jamais entendu son père s'exprimer sur ce ton : sec et plutôt froid, aux antipodes de son tempérament, lui qui était dominé par sa femme.

— Je pense que nous devons soutenir notre fille et lui offrir le voyage. Contrairement à toi, j'ai le plus grand respect pour Blake Randall et je suis sûr qu'il n'a que de bonnes raisons pour offrir un rôle à Kate qui est une brillante actrice. As-tu oublié ses magnifiques prestations à l'INDA ? La star, c'était elle, et non Lachlan. Je suis sûr que Blake Randall était au fait de son talent avant le bout d'essai, assena-t-il à Janice, qui en resta bouche bée.

Et comme elle gardait le silence, il ajouta :

— Par ailleurs, Kate n'est peut-être pas ce que certaines personnes considèrent comme une beauté éblouissante, mais elle est très séduisante et possède des traits classiques qui traverseront les années alors que d'autres seront déjà fanées. Bon, maintenant, je vais me recoucher ! Remets notre carte de crédit à notre fille, Janice. Kate, je te félicite ! Tu travailles dur et tu es une excellente actrice. Tu mérites le plus grand succès.

— J'avoue, dit Kate à Blake lorsqu'elle lui téléphona plus tard, que je ne savais pas très bien s'il fallait rire ou pleurer. C'était comique de voir ma mère réduite au silence, mais…

Soudain, elle eut la gorge nouée et fut incapable de continuer.

— Mais tu as été émue que ton père prenne si vivement ta défense ? suggéra Blake.

— Oui.

Les propos de son père représentaient tant pour elle ! Elle n'avait pas réalisé, au fil des ans, à quel point elle avait été blessée par son favoritisme envers Maddie. Elle comprenait maintenant que c'était sa mère qui avait donné le *la*, son père ne faisant que suivre le mouvement. De plus, Maddie était charmeuse et manipulatrice, il était difficile de lui résister. Et pour sa part Kate avait été sotte d'accepter d'être reléguée à l'arrière-plan et de se cantonner dans le rôle de victime. Eh bien, c'était terminé, maintenant ! Elle ne serait plus jamais dans l'ombre de sa sœur.

— Comment était ta partie de golf avec Byron ? Tu as gagné ? demanda-t-elle en s'allongeant sur son lit et en s'étirant.

— Bien sûr ! fit Blake au bout du fil.

Kate sourit. Blake était un peu trop sûr de lui, mais il lui plaisait quand même.

— Pauvre Byron !

— Pauvre ? dit en riant Blake. Il ne cesse de s'enrichir ! Il change en or tout ce qu'il touche, comme le roi Midas. Je me réjouis lorsqu'il coproduit un de mes films. C'est la réussite assurée, même si je ne tourne jamais de navets ! Il a accepté d'investir dans le film où tu joueras.

— Peut-être parce que c'est toi qui changes en or tout ce que tu touches !

— Mon succès n'a rien de magique. Il m'a fallu des années pour comprendre ce qui marche. Et même comme ça on n'est jamais sûr que le public suivra.

— Au fait, dit Kate, j'ai réfléchi à mon rôle et j'ai une suggestion à te faire.

— Bonté divine ! Son tout premier rôle au cinéma et

elle veut déjà changer le scénario ! s'écria Blake, sur le ton de la plaisanterie.

— Je n'aime pas le passage où je dois fumer. J'ai horreur du tabac, comme beaucoup de gens. Et je ne vois pas en quoi cela apporte quelque chose au personnage. Je pourrais boire une coupe de champagne, non ?

— Je n'ai aucune objection. C'est tout ?

— Oui.

— Tant mieux. Je n'aime pas que les acteurs essaient de modifier mes scénarios.

— Je ne me le permettrais jamais.

Blake rit de nouveau.

— Tu feras peut-être bien d'y venir. Avec le temps. Oh ! bon sang ! Je n'ai aucune envie d'aller à ce dîner. J'aimerais passer ma soirée au lit avec toi.

— Et moi donc !

— As-tu déjà pris ton billet d'avion ?

— Oui. J'arriverai vendredi vers 18 heures, heure locale. Il y a dix-sept heures de vol entre Sydney et Los Angeles, paraît-il.

— C'est un vol sans escale, alors.

— Je n'en reviens pas que mes parents m'aient payé un voyage aussi cher. Maddie sera verte de jalousie.

— Comment serait-elle au courant ? Elle passe sa lune de miel en Europe.

— Cela ne l'empêche pas de téléphoner à maman tous les jours.

— Pourquoi les femmes raffolent-elles des conversations téléphoniques ? Je les ai en horreur.

— Tu es pourtant en train de me parler.

— C'est l'exception qui confirme la règle. J'aime discuter avec toi. Je préférerais un contact direct et t'avoir dans mes bras. Et je vais en être privé pendant quatre longs jours. Tu pourrais venir me rejoindre en taxi après 23 heures, non ? Mon dîner d'affaires sera terminé. Tu passerais la nuit chez moi.

C'était terriblement tentant, pensa Kate qui répondit néanmoins :

— Désolée, je ne peux pas. J'ai affirmé à ma mère que nous n'avons pas couché ensemble. Si je découche, elle saura la vérité et j'aurai droit à quatre jours d'enfer.

— C'est juste. Et nous ne perdons rien pour attendre. Les retrouvailles n'en seront que meilleures.

Kate était prête à le croire. À la seule idée de retrouver Blake, elle avait le corps en émoi.

— Ton silence te trahit, ma douce, commenta Blake. Imagine ce que nous aurions pu faire, ce soir. Il y a des tas de choses que j'aimerais essayer…

Heureusement, Blake ne pouvait pas voir sa rougeur, ni entendre les battements précipités de son cœur, pensa-t-elle. Mais, par une sorte de fierté peut-être, elle ne voulut pas lui laisser croire qu'il pouvait se permettre avec elle tout ce qu'il voulait. La nuit écoulée avait été merveilleuse, et elle avait été heureuse d'oublier Lachlan et d'avoir du plaisir avec un autre homme. Mais elle n'allait pas pour autant devenir le jouet de Blake.

— J'aimerais essayer des choses, moi aussi, répondit-elle avec nonchalance. Mais comme tu le disais, les retrouvailles n'en seront que meilleures.

Ce fut Blake, cette fois, qui fut réduit au silence. Mais il finit par laisser couler un rire rauque et sexy, un rien sardonique.

— Je te retrouverai à l'aéroport, dit-il simplement.

— Je pourrai prendre un taxi. On ne sait jamais, il se peut que le vol ait du retard.

— Peu importe. Carlos m'emmènera et attendra le temps qu'il faudra.

— Tu as un chauffeur ? s'étonna Kate.

Elle n'avait pas réalisé l'étendue de la fortune de Blake. Après tout, l'appartement où ils avaient passé la nuit appartenait à Byron.

— Pas vraiment, répondit-il, même si j'ai souvent recours à Carlos pour mes déplacements. C'est le mari de ma gouvernante Juanita qui s'occupe de la cuisine et du ménage. Il est mon homme à tout faire, jardinier et chauffeur occasionnel. Ils viennent du Mexique, mais vivent aux États-Unis depuis plus de vingt ans. Ce sont des gens formidables, gais et travailleurs. Je me réjouis chaque jour de les avoir.

— Ils ont des enfants ?

— Hélas non, ils n'ont pas eu cette chance. Ils s'y sont pris un peu trop tard, selon Juanita. Mais ils n'ont aucune amertume à ce sujet.

— Ce sont des gens bien, apparemment.

— Oui, tu les aimeras.

— J'en suis sûre. Comme je suis sûre d'aimer Hollywood. J'ai hâte d'y être.

— J'ai hâte moi aussi que tu y sois, dit Blake d'un ton suggestif.

— Tu n'as pas un peu fini de penser au sexe ? protesta Kate en riant.

Mais l'idée la traversa qu'un homme tel que lui ne manquait pas d'occasions, et qu'il n'aurait peut-être pas envie d'attendre. En rentrant à Los Angeles, il appellerait peut-être une ancienne maîtresse — elles devaient être légion ! — en attendant son arrivée.

Un accès de jalousie la traversa tel un coup de poignard. Étrangement, c'était un sentiment beaucoup plus perturbant que sa jalousie envers Maddie et Lachlan. Et déroutant. Car elle n'aimait pas Blake ! Pas du tout ! Il lui plaisait, elle le trouvait très sexy, mais elle n'avait pas envie de passer sa vie avec lui. Il ne lui inspirait pas de sentiments romantiques. Alors, pourquoi était-elle jalouse ?

Elle décida que c'était un tour que lui jouait son ego, sa féminité si récemment révélée.

Pauvre idiote ! Ne va pas t'imaginer que tu es spéciale aux yeux de Blake. Même si tu adores ça, cela ne signifie pas qu'il est sans danger de coucher avec lui. Et si tu tombes amoureuse, hein ? Cela pourrait t'arriver, puisque tu sembles avoir tourné la page en ce qui concerne Lachlan.

Blake ne veut pas d'une véritable liaison. Avec lui, tu n'as aucun avenir sentimental. Et si tu es incapable d'accepter cette idée avant de partir pour Los Angeles, alors tu ne dois pas y aller.

Elle décida pourtant que rien ne l'empêcherait d'aller à Hollywood !

— De quoi d'autre voudrais-tu parler, sinon de sexe ? fit Blake.

— De cinéma, pardi ! répondit-elle.

18.

Blake patientait dans le hall des arrivées, près de la grille que Kate ne tarderait pas à franchir. Son avion avait atterri vingt minutes plus tôt, mais il ne la voyait toujours pas venir. La patience n'étant pas son fort, il devenait de plus en plus nerveux. Mais soudain il l'aperçut, tirant derrière elle une valise noire, fouillant la foule du regard. Elle ne le repéra pas tout de suite, et il mit ces quelques instants à profit pour la contempler à son insu.

Elle était une vraie fête pour les yeux, malgré sa tenue de voyage — jean gris délavé, T-shirt blanc et veste noire. Ce n'était pas le genre de look qui lui plaisait. Pourtant, il fut excité. Elle avait relevé ses cheveux en un chignon flou qu'il trouva terriblement sexy. Son maquillage attirait le regard sur ses yeux bruns ravissants et sa grande bouche voluptueuse.

Il avait hâte de l'avoir pour lui tout seul, à la maison. Il ne voulait plus se contenter de leurs conversations — car il avait passé plus de temps au téléphone avec elle qu'avec aucune autre femme, y compris Claudia.

Leurs échanges sur le cinéma et le jeu de comédien mis à part, il savait maintenant beaucoup plus de choses sur Kate que sur son ex-femme. Elle lui avait parlé de ses années de collège, où elle n'avait pas été très heureuse, éclipsée par la personnalité exubérante de sa jeune sœur et perdant toute estime pour elle-même jusqu'au moment où elle avait découvert l'atelier d'art dramatique et le métier d'actrice. Après avoir incarné un autre personnage que le sien, elle avait repris de l'assurance. Même si cette assurance n'avait pas perduré en dehors de la scène.

Elle n'avait pas eu de petit ami jusqu'à ce qu'elle se lie avec Tom, le décorateur de l'atelier d'art dramatique, aussi introverti qu'elle. Leur expérience sexuelle n'avait rien eu que de très ordinaire. Mais au moins il y avait eu quelqu'un dans sa vie pendant un moment.

Ses rares expériences à l'université avaient été du même acabit. Puis il y avait eu le fiasco avec Lachlan. Blake était content que Kate parle désormais de Lachlan avec plus de lucidité. Elle avait cessé de le porter au pinacle. Peut-être avait-elle tourné la page ? Blake l'espérait. Elle méritait mieux que cet égocentrique qui n'aimait que lui-même !

Soudain Kate le vit, et son visage s'éclaira en un mélange de joie et de soulagement. Il avança vers elle, tout sourires, la délivrant de sa valise.

— Te voici, dit-il en lui donnant un baiser sur la joue.

Blake n'était pas du genre à s'exhiber en public.

— De justesse. Mon sac à bandoulière a sonné sous le portique, et on m'a emmenée comme une criminelle. Ils ont vidé toutes mes affaires pour chercher de la drogue. Ils n'ont rien trouvé, bien sûr. Je ne me prêterais jamais à un tel trafic ! Mais j'ai eu une sacrée peur.

— Cela m'est arrivé aussi, dit Blake. C'est impressionnant, hein ? Mais c'est une émotion qui te servira pour exprimer la peur à l'écran. Rien n'est jamais inutile pour un acteur. Ou un scénariste.

Kate ôta son sac de son épaule et en observa le contenu avec un soupir.

— Ils ont tout remis dedans à la va-vite. Mon magazine est tout chiffonné !

Elle sortit la revue, et Blake reconnut d'emblée le couple en couverture. Il n'était pas près de l'oublier ! Kate non plus, apparemment, en dépit de ce qu'il avait supposé. Le gros titre était éloquent lui aussi : *Le grand séducteur du cinéma australien se marie*.

— Je n'ai pas pu résister, avoua Kate, penaude. Il y en avait plein le kiosque à l'aéroport de Sydney.

Une émotion qui ne lui était guère familière assaillit Blake. Il ne comprit pas tout de suite que c'était de la jalousie. Il avait éprouvé ce sentiment lorsque Claudia l'avait plaqué pour un nabab de Hollywood vieillissant. Il avait éprouvé aussi de la fureur, de la confusion et bien d'autres émotions fortes. Mais il avait eu trop d'orgueil pour pleurer, ou quêter l'aide d'un psy. Au lieu de ça, il s'était vengé en couchant avec quelques actrices.

Par chance, aucune n'avait été du genre à avoir le cœur brisé. Mais l'une d'elles lui avait dit sans ménagement ce qu'elle pensait de son comportement. Ensuite, il s'était montré plus prudent avec les femmes, leur annonçant franchement qu'il ne cherchait pas une relation à long terme. Il avait des liaisons, des aventures. Et aucune femme n'avait passé plus d'une nuit chez lui. Jusqu'à ce que Kate entre dans sa vie…

Il s'en inquiétait, maintenant. Dans quoi s'embarquait-il ? S'il n'avait pas su à quoi s'en tenir, il aurait pensé qu'il était en train de tomber amoureux. Ce qui était impossible. S'il commettait un jour la folie de s'éprendre de quelqu'un, ce ne serait pas d'une femme qui venait de passer quatre ans à rêver d'un autre homme. Car Kate rêvait toujours de Lachlan, apparemment. Sinon, elle n'aurait pas acheté ce magazine. Elle avait dû passer son voyage à fantasmer sur les photos.

— Je n'avais pas spécialement envie de l'acheter, continua Kate. J'étais curieuse de voir s'il y avait des photos de toi et moi, mais il n'y en a que pour Lachlan et Maddie !

Là-dessus, elle expédia le magazine dans une poubelle avant de dire d'un air contrit :

— Oh ! zut ! Tu voulais peut-être le feuilleter ?

Pour un peu, Blake l'aurait embrassée en public. Elle n'éprouvait plus rien pour Lachlan, et ça lui procurait une joie immense.

— J'ai déjà vu les photos, Kate. Elles étaient sur les réseaux sociaux dès la publication.

— Oh ! j'imagine, oui. Maddie raffole des nouveaux moyens de communication, contrairement à moi.

— Lachlan aussi. C'est un incorrigible exhibitionniste.

Je ne suis pas fou non plus des réseaux sociaux, mais c'est une technologie qui régit tout, aujourd'hui.

Pendant que Blake demandait à Carlos d'amener la voiture au point de ralliement, Kate envoya un SMS à ses parents pour leur confirmer qu'elle était arrivée sans encombre.

— Allons-y, dit Blake en la prenant par le bras. J'ai un site web et divers réseaux que gère mon assistante. Mais c'est pour le boulot. Je préserve ma vie privée.

— Moi aussi. Je ne comprends pas que les gens photographient tout ce qu'ils font, même les choses les plus prosaïques, et les diffusent ensuite sur le net pour que tout le monde les voie.

— C'est une forme de spectacle, je suppose, observa Blake. Cela leur donne un sentiment d'importance, comme s'ils étaient célèbres.

— Mais ça les expose aux critiques et au harcèlement.

— C'est vrai. Mais c'est aussi un outil de la vie moderne, alors, autant t'y habituer, Kate. Tu dois t'endurcir, si tu veux réussir à Hollywood. Car quand tu y parviendras, tu seras critiquée sur tout : tes vêtements, ton poids, les gens avec qui tu sors. Tu seras pourchassée par les paparazzis et ta vie ne t'appartiendra plus.

Kate s'immobilisa et dévisagea Blake.

— À t'entendre, le succès est une calamité !

Il haussa les épaules.

— Quand on vit sous les projecteurs, on tient bon ou on coule, dit-il. Mais ça peut être très excitant. À condition de ne pas avoir la grosse tête, comme une personne de ma connaissance.

— Lachlan, tu veux dire ?

— Qui ça ? fit Blake avec malice. Ah, voici notre chauffeur !

19.

Alors qu'une limousine blanche se garait le long du trottoir, tout près d'eux, Kate ne put s'empêcher d'écarquiller les yeux. Blake s'amusa de la voir impressionnée. Le chauffeur, un petit homme d'âge mûr aux cheveux ondulés et noirs descendit de voiture et adressa un sourire de bienvenue à Kate avant de la débarrasser de sa valise.

— Dépêchons-nous de monter, patron, dit Carlos, qui s'exprimait en anglais presque sans accent. Le chariot est encerclé par les Indiens.

— Que veut-il dire ? demanda Kate à Blake.

À l'instant, un photographe jaillit comme un diable de sa boîte et prit le couple en photo. Sans un mot, Blake poussa Kate dans la limousine, décocha un large sourire au journaliste, puis s'installa à son tour et claqua la portière. Carlos, démarra aussitôt.

Une fois les présentations faites, il s'excusa d'avoir manqué de rapidité pour les prendre à bord.

— Il n'y a pas de souci, Carlos, répondit Blake. Si je ne voulais pas qu'on me photographie, je ne vous aurais pas fait venir en limousine !

Tandis que Carlos riait, Kate demanda à Blake :

— Ça ne t'ennuie vraiment pas qu'on nous ait pris en photo ?

— Pas du tout. C'est de la bonne publicité pour moi. Et pour toi aussi. D'ici une heure, ces clichés circuleront sur le net avec une légende du genre : *Blake Randall accueille une mystérieuse jeune femme à l'aéroport. Nouvelle star ou petite amie ?*

— Mince ! s'écria Kate, qui ne savait trop si elle était excitée ou inquiète.

Elle n'avait pas très envie que sa famille soit au courant, pour les photos. Surtout sa mère. Maddie les verrait sûrement, en tout cas, et en parlerait à Janice. Kate imaginait d'ici leur conversation. Sa sœur l'avait poussée à séduire Blake, mais elle n'avait sans doute pas supposé un instant que Kate s'installerait chez lui à Los Angeles !

En fait, Kate elle-même se sentait plutôt dépassée par les événements. Même si Blake lui avait téléphoné souvent, ce qui était merveilleux, elle avait eu hâte de le rejoindre. Concentrée sur leur aventure sensuelle, elle en avait presque oublié sa carrière. Mais les deux étaient liées, non ?

— Ne te tracasse pas, lui dit Blake. Les spéculations vont bon train à Hollywood. Mieux vaut ne pas s'y opposer, sinon ça s'aggrave. Autant suivre le mouvement. Et s'en amuser.

— S'en amuser ?

— Oui, mademoiselle, dit Blake, rieur, lui faisant un baisemain et imitant Maurice Chevalier dans *Gigi*.

Leurs regards se rencontrèrent, et le désir les embrasa l'un et l'autre. Il était si beau et si raffiné dans son costume gris anthracite, sa chemise blanche et sa cravate couleur argent ! Elle avait eu un coup au cœur lorsqu'elle l'avait enfin repéré à l'aéroport. Elle avait aussi oublié les doutes qu'elle avait pu avoir sur ce voyage en lisant dans ses yeux une affection véritable. Des sentiments sincères.

À présent, elle n'y voyait plus qu'un désir brûlant, animal, et elle en eut des frissons. Blake s'en aperçut et lui prit les mains, les serrant entre les siennes, l'attirant contre lui. Elle s'appuya contre son épaule avec un soupir. Il fallait se contenter de ça, pour le moment.

— Si les photographes surgissent sans crier gare, dit-elle après avoir savouré un instant ce contact et la chaleur de son corps viril, il va falloir que je fasse attention à ma tenue chaque fois que je sortirai.

— Tu es toujours superbe, affirma-t-il.

— Non, mais c'est gentil de ta part de le dire, observa-t-elle en souriant.

— As-tu apporté des tenues de soirée ?

— Plus ou moins…

— C'est-à-dire ?

— Je devine que ma conception des tenues de soirée ne correspond pas vraiment à celle de Hollywood.

— Cela dépend. Les gens sont souvent très décontractés, ici. Mais si tu veux, je peux t'emmener faire du shopping.

— Ah oui ? fit-elle, se remémorant un de ses films favoris. À Beverly Hills, dans Rodeo Drive, comme dans *Pretty Woman* ?

— Bien sûr, dit Blake.

— Merci, mais je me contenterai de ce que j'ai en attendant de gagner ma vie, dit-elle, peu disposée à franchir un tel pas qui lui semblait assez malsain. D'ailleurs, ma garde-robe est plutôt bien fournie. Papa m'a donné de l'argent en cachette, et j'ai fait des achats. En plus, il fait le même temps qu'à Sydney ici, en ce moment.

— En effet. Le printemps australien ressemble assez à notre automne.

— Notre automne ? Te voici très américain, tout à coup.

— Je le suis à moitié.

Kate se redressa vivement, se séparant de lui.

— Ah ? Comment ça ?

— Ma mère est américaine. Mon père l'a connue lorsqu'ils faisaient médecine à Harvard. Je suis moi-même né à Boston. Ils se sont installés à Sydney quand j'avais un an. J'ai la double nationalité.

— Moi, je trouve que vous avez l'accent australien, glissa Carlos. Bien plus que Kate.

— Et j'en suis très heureux, observa Blake.

Kate se lova de nouveau contre son épaule.

— À l'INDA, les professeurs tenaient à ce qu'on se débarrasse de notre accent. Ils disaient que c'était un handicap dans notre métier.

— C'est tout à fait vrai, surtout à Hollywood. On aime

l'accent anglais international, ici. Il y a peu de rôles pour les Australiens. Au fait, tu as apporté ton diplôme, j'espère ?

— Bien sûr.

— Parfait. Nous en aurons besoin pour t'aider à obtenir un visa et un permis de travail.

— J'espère que ça ne posera pas de problème, dit Kate, rembrunie.

— Sûrement pas. J'ai engagé le meilleur avocat de Los Angeles. Bon, assez parlé boulot. Nous sommes presque arrivés.

La limousine roulait sur une route escarpée, dont les maisons étaient abritées par de hauts murs et des arbres. Kate ne distinguait pas grand-chose, car il faisait nuit et les lampadaires étaient très espacés. Elle se tordait le cou pour entrevoir les demeures lorsque Carlos s'engagea dans une large allée, devant de hautes barrières en bois serties dans un mur d'enceinte. Au-delà, sur une colline, se dressait une maison à couper le souffle. Elle n'était pas immense, mais son architecture contemporaine avait quelque chose d'impressionnant. On entrevoyait deux étages de forme rectangulaire, l'étage supérieur étant plus petit que l'autre. Ils bénéficiaient de spacieuses verrières éclairées qui devaient offrir une vue splendide sur les environs.

Quand les barrières s'ouvrirent, Kate constata que, comme elle l'avait deviné, il y avait un rez-de-chaussée sous les étages qu'elle avait entrevus. Il était vaste, comprenant un garage pour six véhicules, une salle de sport et un appartement occupé par Carlos et Juanita, comme l'expliqua Blake tandis que la limousine se garait à côté d'un bolide noir et d'une berline.

— Tu as de la chance de vivre dans une maison aussi sublime, commenta Kate.

— Et moi, j'ai encore plus de chance d'avoir un patron comme le *señor* Blake, glissa Carlos.

Blake se contenta de rire, mais Kate vit que le commentaire lui faisait plaisir. Elle voyait aussi qu'il était fier de sa maison.

Après l'avoir présentée à Juanita, tout aussi chaleureuse et gaie que son mari, Blake lui fit faire le tour du propriétaire. Grands séjours, cuisine dernier cri, salle de cinéma, suites pour les invités, piscine paradisiaque chauffée à l'énergie solaire, barbecue, bar… Les merveilles de la maison étaient nombreuses. Mais ce fut la terrasse en bois du grand séjour à l'avant de la demeure qui époustoufla Kate.

Elle s'accouda à la rambarde et soupira :

— Oh ! Blake, quel panorama extraordinaire !

Le mot était faible. Elle pouvait admirer, sur des kilomètres à la ronde, la vallée peu boisée et la colline — le mont Lee — sur laquelle se dressait le célèbre panneau HOLLYWOOD.

— La vue est encore plus spectaculaire depuis le dernier étage, lui dit Blake. Je vais te la montrer. Et puis nous redescendrons dîner. Juanita a préparé pour toi quelque chose de spécial. Je savais que tu serais trop fatiguée pour sortir.

Kate ne se sentait pas lasse, en réalité, même si elle avait peu dormi pendant son voyage. Elle avait été trop excitée, et trop inquiète aussi, à l'idée de la grande aventure dans laquelle elle se lançait : quitter sa maison et son pays pour être avec Blake et faire carrière non pas au théâtre, comme elle l'avait toujours envisagé, mais au cinéma — ce qui était plus intimidant.

Elle n'avait jamais été sûre d'elle. Mais depuis qu'elle connaissait Blake, elle avait commencé à changer. Ne serait-ce que parce qu'il lui donnait le sentiment d'être belle. Et ce soir elle avait l'impression de franchir une nouvelle étape. Elle se sentait vivante, pleine d'assurance. Et libre ! Elle était libérée de ses échecs, de son amour vain pour Lachlan. Elle pouvait aller de l'avant. C'était une sensation merveilleuse.

— J'espère que tu aimes la nourriture épicée, lui dit Blake en l'emmenant dans l'escalier, jusqu'au dernier étage.

— Oh ! oui. J'adore le piment, et tout ce qui est très relevé.

Le dernier étage n'était occupé que par la suite de maître, composée d'une chambre et d'une salle de bains somptueuses, d'un salon-bureau avec home cinéma.

Mais ce furent la terrasse circulaire, et le panorama sur l'autre versant de Los Angeles, dont les innombrables lumières rivalisaient avec celles de Sydney la veille du nouvel an, qui envoûtèrent Kate. Au-delà de la ville, l'océan s'étendait, ténébreux et serein sous le ciel nocturne.

— J'en reste sans voix. C'est si beau, ici ! Ta maison est splendide, dit-elle, souriant, en pivotant sur elle-même et en enveloppant Blake du regard. Mais cette vue-ci… Je pourrais la contempler indéfiniment.

20.

Blake fut soudain tenté de lui dire que rien ne l'en empêchait. Elle n'avait qu'à l'épouser. C'était insensé. Grâce au ciel, il avait gardé la bouche close ! Car il aurait regretté d'avoir parlé. Et Kate aurait répondu non.

Il se persuada que ce n'était pas l'amour qui le poussait à dire des folies. Ce n'était qu'un engouement passager. Et l'effet de la frustration. Kate était une enchanteresse follement désirable. Mais après avoir partagé son lit quelques semaines il reprendrait ses esprits !

— Resteras-tu ici avec moi ? lui demanda-t-il en désignant sa chambre.

Les yeux de Kate se dilatèrent. Cependant, elle sourit.

— Je ne devrais pas…

— Mais tu le feras, dit Blake.

— Bien sûr.

Tout en l'attirant entre ses bras pour l'embrasser, il se rappela qu'elle était actrice, même si elle était différente. Elle était ambitieuse, aussi. Sinon, elle ne serait pas venue, car elle n'avait pas d'amour pour lui.

Il déploya dans le baiser tout son savoir-faire, résolu à lui faire oublier Lachlan — du moins pour l'heure. Il la sentit s'abandonner à la volupté de l'instant. Elle était très sensuelle, ainsi qu'il l'avait découvert à Sydney, et son abstinence passée l'avait rendue plus que sensible à ses attentions viriles. Qu'il comptait bien lui dispenser chaque jour et chaque nuit. Il investirait son corps et son esprit jusqu'à ce qu'elle soit incapable de désirer, ni même de penser à un autre homme. Et il la comblerait, la séduirait avec un style de vie auquel peu de femmes pouvaient résister. Puis, le moment venu, il lui demanderait peut-être de l'épouser.

Soit, cela restait une idée folle. Mais elle s'obstinait à ne pas vouloir disparaître.

Sa bouche virile se fit plus douce alors qu'il commençait à envisager le moyen de la convaincre de tout miser sur lui. Il pouvait légitimement faire valoir qu'un mariage entre deux personnes qui s'appréciaient et se désiraient avait plus de chances de réussir qu'une union romantique. Il pouvait souligner qu'ils mèneraient ensemble la grande vie — bien plus et bien mieux que sa sœur avec ce bellâtre de Lachlan.

Blake devinait que l'idée d'avoir mieux que Maddie pouvait plaire à Kate. Mais son argument imparable serait peut-être que rien ne les obligeait à rester mariés jusqu'à ce que la mort les sépare. Si leur union ne marchait pas, ils pouvaient toujours divorcer, et Kate s'en irait avec une belle compensation financière.

Et puisque l'amour n'entrait pas en ligne de compte, il n'y aurait pas d'amertume. Et ils n'auraient pas d'enfant, évidemment. Blake refusait qu'un enfant ait à pâtir d'un tel mariage. Pourtant, tout de suite, il sut que Kate n'accepterait jamais une telle proposition. Elle était romantique jusqu'au bout des ongles. Tout ce qu'il pouvait espérer de mieux était qu'elle consente à vivre avec lui. Du moins, pour le moment.

Sans comprendre pourquoi, Blake s'avisa qu'il était contrarié par ce constat. Relevant la tête, il se rassura en découvrant qu'elle avait le regard voilé et le souffle court.

— Désolé, chérie, susurra-t-il en lui effleurant tendrement les lèvres du bout du doigt. J'aimerais bien poursuivre cet échange, mais Juanita sera mécontente si nous arrivons en retard au dîner.

C'était un mensonge, car Juanita l'avait informé qu'elle avait préparé par avance l'entrée et le dessert, les avait mis au frais, et que le plat principal serait vite servi. Mais il préférait mentir que d'avouer la vérité : il avait une si forte érection qu'il risquait de perdre le contrôle s'il prolongeait leurs caresses.

— Nous ne pouvons pas nous montrer impolis, décida Kate. Elle est si sympathique !

Blake fut content que Kate apprécie sa gouvernante. Et Juanita semblait elle aussi avoir de la sympathie pour Kate. Elle se donna beaucoup de mal et vint plusieurs fois s'enquérir du bon déroulement du repas. Qui se passait à merveille. Juanita était une remarquable cuisinière. Son guacamole était sans rival, comme ses autres plats d'inspiration mexicaine ou espagnole.

Blake ne dînait pas très souvent chez lui, en réalité. Il avait des repas d'affaires dans les restaurants en vue et les clubs de golf. Au bureau, il avait tendance à ne se nourrir que de café. Aujourd'hui, il n'avait pas eu le temps de déjeuner, aussi apprécia-t-il les mets — en particulier la paella aux fruits de mer suivie de son dessert favori : une crème glacée parfumée à la noix de coco et à la cannelle.

Kate, nota-t-il, mangeait de tout — ce qui le changeait agréablement des femmes de Hollywood, qui n'avaient jamais aucun appétit. Au moment du café, elle complimenta Juanita pour sa cuisine, disant qu'elle finirait par grossir si elle était toujours aussi bien servie.

Juanita, séduisante malgré son léger embonpoint, lança :

— Vous n'êtes pas de ces femmes qui grossissent, comme moi.

— Vous n'êtes pas grosse ! protesta Kate.

— Et vous êtes charmante, ajouta en souriant Juanita. Les Australiens sont gentils, je trouve. Enfin, pour la plupart. Je n'aime pas beaucoup cet acteur blond qui vient ici quelquefois. Vous voyez qui je veux dire, Blake ?

— Certes.

— Il est impoli avec moi. Il me manque de respect.

Blake se rembrunit.

— Je l'ignorais. En quoi est-il impoli ?

— Oh ! Ce n'est pas tellement ce qu'il dit, mais la manière dont il me regarde. Comme si je lui étais inférieure parce que je suis mexicaine.

Blake décida sur-le-champ que Lachlan ne mettrait plus jamais les pieds chez lui et qu'il ne lui offrirait plus aucun rôle. S'il était conscient que cette décision avait tout à voir avec Kate, il s'empressa de l'ignorer.

— Je suis navré, Juanita, dit-il. Vous n'aurez plus jamais à le supporter. Il ne reviendra pas ici.

Dès que Juanita fut hors de portée de voix, Kate se tourna vers lui :

— Mais que t'a-t-il pris ?

Il haussa les épaules.

— Il est temps qu'on se sépare, Lachlan et moi. Abstraction faite des mensonges qu'il t'a racontés à mon sujet, il a pris la grosse tête. Et comme je te l'ai déjà dit, il n'est pas si bon acteur que cela. Il convient à un certain type de rôle, mais sa palette n'est pas très étendue. Je veux faire autre chose que des comédies romantiques. J'ai envie de passer à des films plus sérieux, comme celui que je t'ai proposé.

— Est-ce bien avisé ? demanda Kate en fronçant les sourcils. Tu as bâti ton nom et ta réputation sur les films dont Lachlan est la vedette. *Le Bushman* est devenu culte.

Blake s'efforça de ne pas mal réagir mais n'y parvint pas.

— Oui, auprès des groupies énamourées qui considèrent qu'un beau visage, un corps athlétique et un sourire éblouissant sont le comble de l'art !

Il comprit aussitôt à son expression qu'il l'avait blessée.

— Je pense que tu as tort, soutint-elle en s'empourprant. Lachlan n'est peut-être pas Laurence Olivier, mais il a un certain talent. Et l'étoffe d'une star. Je sais qu'il est creux et vaniteux, comme bien d'autres. À commencer par Claudia Jay, ajouta-t-elle avec une petite moue.

— C'est juste, concéda Blake en s'arrachant tant bien que mal un sourire d'excuse. Il n'est pas aussi épouvantable que je le dis. Mais je n'aime pas les racistes. Ni les infidèles.

— Alors, tu as choisi la mauvaise carrière, répliqua Kate. Hollywood n'est pas connu pour son traitement égalitaire des minorités ethniques. Ni pour la fidélité de ses stars.

Kate était souvent discrète et silencieuse, mais elle savait aussi ne pas mâcher ses mots, constata Blake. Et même s'il était courroucé qu'elle défende Lachlan parce qu'elle avait peut-être encore des sentiments pour lui, elle disait aussi des choses très vraies. Le sourire qu'il lui adressa fut donc cette fois plein d'admiration et de respect.

— Alors, tu ne m'en voudrais pas s'il m'arrivait encore d'engager Lachlan ? demanda-t-il pour la tester, en l'observant avec attention.

— Que veux-tu que ça me fasse ? riposta-t-elle. Si tu me crois encore amoureuse de lui, tu te trompes lourdement. Je vois très bien, maintenant, que je ne valais pas mieux que ces groupies énamourées dont tu parles. J'avoue que j'adorais ses films. Mais je suis passée à autre chose.

Pour sa part, Blake n'en aurait pas juré. Les protestations de Kate lui semblaient trop véhémentes pour être honnêtes.

Heureusement, Juanita revint à cet instant, interrompant une conversation qui commençait à devenir embarrassante. Elle désirait savoir dans quelle chambre Carlos devait apporter les bagages de Kate. Comme Blake lui répondait de les déposer dans sa chambre, Juanita sourit.

— *Sí*, fit-elle, se hâtant d'aller porter la nouvelle à son mari.

— Elle avait l'air contente, observa Kate.

— Elle t'aime bien, dit Blake.

— N'aimait-elle pas aussi les autres femmes que tu as amenées ici ?

— Aucune femme n'a jamais séjourné chez moi, pas même pour une nuit.

— Vraiment ? Où fais-tu l'amour, alors ? Chez elles ?

Blake ne put s'empêcher de rire. Il y avait longtemps qu'il n'avait pas fréquenté une femme aussi directe.

— Quelquefois, lâcha-t-il. Si tu tiens à le savoir, ma vie amoureuse a été très limitée depuis mon installation en Amérique. En fait, je suis resté chaste pendant plusieurs semaines, avant de te rencontrer.

— Pourquoi ?

Pourquoi ? Il en avait peut-être eu assez du genre de femmes avec lesquelles il couchait. Et plus qu'assez des aventures d'une nuit et des relations semblables aux étoiles filantes.

J'attendais peut-être quelqu'un comme toi eut-il envie

de dire. Mais il n'en fit rien. Scénariste aguerri, il avait un sens aigu des répliques qui en disaient trop, trop tôt.

— J'étais très pris par le dernier film de Lachlan, reprit-il en haussant les épaules. Il ne venait pas aussi bien que je le voulais. Il fallait que je retourne une ou deux scènes. Et le montage a été un cauchemar. Heureusement, la partition musicale est bonne. Une bonne bande-son peut sauver bien des choses. Je ne perdrai pas d'argent, mais je doute que ce soit un triomphe international. Bon, et maintenant assez bavardé ! Je finis mon café, et il sera temps d'aller au lit.

21.

— Tu en mets du temps ! lança Blake depuis le lit. Qu'est-ce qui te retient ?

Kate avait tenu à prendre d'abord une douche — seule, cette fois, et non comme lors de leur folle nuit sensuelle à Sydney, où ils s'étaient douchés ensemble. Elle avait seulement envie d'être avec Blake, envie qu'il la prenne dans ses bras et lui fasse l'amour comme si elle était la femme de sa vie, même si elle avait conscience que c'était absurde.

Était-ce enfin le grand amour ? se demanda-t-elle en se séchant. Ses sentiments pour lui étaient certes différents de ceux qu'elle avait eus pour Lachlan. Mais elle n'était pas encore sûre de ce qu'elle éprouvait. Il était bien trop tôt. Cependant, il la rendait si heureuse !

Elle sourit à cette pensée. N'avait-il pas affirmé justement qu'il voulait la rendre heureuse ? Eh bien, il avait réussi !

— Si vous ne venez pas tout de suite, mademoiselle, lança Blake, je vais entrer dans cette pièce et vous prendre à même le sol !

— Espèce de sauvage ! fit-elle en riant et en sortant de la salle de bains, pudiquement enveloppée d'un immense drap de bain.

— Enlève-moi ça tout de suite et viens de coucher, lui ordonna Blake.

Kate savoura le fait de n'éprouver aucune nervosité ni timidité alors qu'elle déroulait la serviette avec lenteur et qu'il se repaissait de son corps nu.

— Tu es sexy, lui dit-il. Avec ou sans vêtements.

— Tu es gentil.

— Pas toujours, lâcha Blake, rabattant les draps pour lui montrer qu'il était nu aussi et, surtout, déjà prêt à l'action.

Elle plongea sous les draps et se lova contre lui, feignant d'être scandalisée alors qu'il lui précisait, en termes plutôt crus, ce qu'il avait envie de lui faire.

— Quel vilain langage ! le taquina-t-elle, l'embrassant dans le cou.

Il commença par lui donner des baisers doux, mais la passion l'emporta vite, et elle accueillit avec transport les caresses de sa bouche, de ses mains. Ses seins étaient gonflés, les pointes raidies aspiraient à être touchées, et il ne se priva pas de les titiller, tantôt avec tendresse, tantôt de façon presque brutale. Elle hoqueta de volupté, soupira, hoqueta encore.

— Je les adore, murmura Blake en les prenant dans sa bouche pour les taquiner.

Lorsqu'il sentit qu'elle n'était pas loin de perdre le contrôle, il glissa une main entre ses cuisses pour lui dispenser une délicieuse torture. Oh ! qu'elle aimait ça ! Elle adorait qu'il sache si bien lui donner du plaisir, qu'il la caresse si profondément et l'embrasse, envahissant son intimité.

Blake était un magicien de la sensualité. Aucune pensée déplaisante ne venait la hanter pendant qu'il lui faisait l'amour. Il n'y avait que l'instant présent, et c'était merveilleux.

Elle poussa des cris lorsqu'il la pénétra enfin, se cambrant vers son corps viril, emportée vers des sommets de plus en plus vertigineux jusqu'à la jouissance ultime. Elle scanda son prénom lorsqu'il jouit en elle, avec elle, puis ce fut la chute. Mais elle ne ressentit aucune peur… Juste une sensation de liberté. Et d'amour.

Ce fut son ultime pensée lorsqu'elle sombra dans le sommeil : elle aimait cet homme qui l'avait rendue libre d'être la femme qu'elle voulait être depuis toujours.

Se glissant hors du lit, Blake gagna la salle de bains d'un pas légèrement vacillant. C'était peut-être l'attente de ces derniers jours qui lui avait procuré un orgasme aussi violent, aussi étourdissant. Ou alors, c'était à cause de Kate. Elle avait sur lui un drôle d'effet. Elle l'amenait à ressentir et envisager des choses qui lui étaient tout à fait étrangères.

Ses partenaires au lit étaient en général des actrices, ce qui était assez naturel. Il en rencontrait beaucoup dans son travail. C'étaient des femmes séduisantes, intelligentes et amusantes… et très désireuses de s'afficher avec lui. Avec elles, l'amour physique était facile et satisfaisant, mais vite oublié. Il ne leur avait jamais fait de promesses qu'il n'aurait pas pu tenir, ne leur avait jamais laissé croire à un avenir possible avec lui.

Il n'avait pas menti quand il avait dit à Kate qu'il n'avait accueilli ici aucune partenaire. Après avoir emménagé dans cette maison, il avait décidé que ce serait son domaine — un sanctuaire où il lui serait loisible de travailler et d'écrire.

Le succès comptait beaucoup pour lui. Comme pour Kate, d'ailleurs. Il ne devait jamais oublier ça. Si merveilleuse qu'elle soit, elle n'avait pas perdu de vue la chance qu'il lui offrait, lorsqu'elle avait accepté son aide et son invitation à loger chez lui.

Elle le trouvait séduisant, certes. C'était le cas de nombreuses femmes ! Et elle aimait coucher avec lui. Mais, si elle avait une certaine gratitude envers lui pour l'avoir éveillée aux plaisirs sensuels, elle éprouvait encore des sentiments pour Lachlan, et il ne devait pas l'oublier.

Ce qui lui convenait à merveille, car il n'avait pas vraiment envie qu'elle tombe amoureuse de lui…

Après s'être lavé les mains, il revint se coucher. Profondément endormie, en position fœtale, Kate semblait si jeune, si vulnérable !

Fais attention avec elle. Ne lui fais pas de mal. Si tu la fais souffrir, tu te feras horreur. Et il y a longtemps que tu n'as pas éprouvé un tel sentiment.

Il resta allongé près d'elle longtemps, sans tenter de la réveiller pour lui faire de nouveau l'amour malgré une érection vigoureuse, et finit par sombrer dans un sommeil agité. Éveillé avant l'aube, il s'efforça de se détendre, envia l'abandon de Kate qui dormait toujours à poings fermés. Puis, se levant sans bruit, il mit un jogging et descendit dans la salle de sport.

22.

Kate s'éveilla lentement, savourant la chaleur et le confort du lit… Soudain, elle ouvrit les paupières et se redressa, recouvrant sa clarté d'esprit et le souvenir de ce qui s'était produit la veille. Elle fut presque surprise de constater qu'il ne lui était arrivé que des bonnes choses depuis son arrivée à Los Angeles. De très bonnes choses, même… Elle ne regrettait rien ! Vraiment rien ! Pas même d'être tombée amoureuse de Blake.

Elle balaya du regard la vaste chambre qui, au grand jour, avec les baies sans rideaux par où pénétrait le soleil, paraissait englober la terrasse et la vue qu'elle offrait sur la ville. Blake n'était nulle part, ni dans la salle de bains ni dans son bureau, dont les portes étaient ouvertes. Il prenait peut-être son petit déjeuner dans la cuisine…

Elle se leva et gagna la salle de bains, enveloppée dans la grande serviette abandonnée à terre, en attendant de récupérer son peignoir. Elle n'était pas du genre à s'exhiber toute nue, même si elle n'était pas gênée de se montrer ainsi devant Blake. Elle n'avait pas envie de se comporter comme Maddie qui aimait se promener dans le plus simple appareil, surtout depuis qu'elle s'était fait refaire les seins.

Quand elle ressortit de la pièce, toujours drapée de la serviette, elle alla chercher sa valise qui se trouvait dans un des deux dressings. Elle constata avec un vif plaisir que l'un d'eux contenait les vêtements de Blake et que l'autre était vide — ce qui confirmait qu'il n'avait jamais reçu ici d'autre femme qu'elle.

Elle ne s'illusionnait pas en pensant que Blake était tombé amoureux d'elle mais, de toute évidence, elle était spéciale à ses yeux. Et il avait assez confiance en elle pour accepter qu'elle partage sa chambre. Elle comprenait que son mariage raté avait fait de lui un solitaire cynique qui se servait des femmes pour satisfaire ses besoins sexuels et ne leur permettait pas de partager avec lui une réelle intimité.

Tout en défaisant sa valise, elle se demanda ce qui lui plaisait tant chez elle. Elle n'était pas une beauté éblouissante et ne possédait pas une intelligence supérieure ni une grande expérience érotique. Ce qui, à bien y réfléchir, devait attirer Blake car il se plaisait dans le rôle de mentor…

Elle avait beaucoup lu, et ses lectures très variées comprenaient aussi des romans contemporains émaillés de scènes sensuelles très explicites. Elle avait toujours su pourquoi ses expériences sexuelles limitées l'avaient déçue, et avait autrefois espéré que Lachlan lui apporterait ce qu'elle désirait en secret.

Ce n'était pas arrivé et, bizarrement, elle s'en moquait. Il ne représentait rien pour elle. Son seul regret était d'avoir vécu quatre ans dans l'idée qu'il était l'amour de sa vie. En fait, elle n'avait sans doute eu pour lui qu'un engouement de jeune fille, suscité par son physique de beau gosse et sa séduction ravageuse.

En y repensant, elle se trouvait assez ridicule, même si elle se consolait un peu en pensant que toutes les autres filles à l'INDA étaient elles aussi tombées sous son charme. Aucune n'avait vu clair en lui. Mais elles n'avaient pas non plus été au désespoir lorsqu'il était sorti avec elles puis les avait quittées. Elles s'étaient fait moins d'illusions qu'elle à son sujet, c'était évident. À moins qu'elles n'aient découvert son vrai visage en le fréquentant intimement. Kate le voyait aujourd'hui tel qu'il était, et savait qu'il s'était servi d'elle pour progresser dans son jeu d'acteur, ce qui était cruel de sa part.

Il faisait la paire avec Maddie, décida-t-elle, et si sa sœur l'avait conquis, grand bien lui fasse ! Ils étaient l'un et l'autre vaniteux, égoïstes et creux, et ne valaient pas la peine qu'on s'intéresse à eux !

Ayant récupéré son peignoir et ses affaires de toilette, elle alla se laver les dents et enfila le peignoir, noua ses cheveux en un chignon lâche. Puis elle retourna déballer ses affaires. Elle n'avait emporté que ses vêtements préférés et les tenues qu'elle avait achetées avant de partir.

Kate sourit en sortant sa nouvelle veste. En velours noir, serrée à la taille et sans revers, elle avait des poches zippées et, associée au jean blanc et moulant et aux escarpins noirs que la vendeuse l'avait convaincue d'acheter, elle était plutôt sexy. Kate avait hâte de s'en parer pour Blake !

— Pourquoi souriez-vous comme ça, mademoiselle ?

Elle pivota vivement sur elle-même en entendant la voix taquine de Blake. Il était sur le seuil, en jogging marine, une serviette grise autour du cou.

— À toi de le deviner, répondit-elle.

Il sourit jusqu'aux oreilles.

— Une énigme à percer ? Et un défi à relever ? J'adore !

Elle se mit à rire.

— Tu as déjà pris ta douche ?

— Non, pas encore.

— Parfait. Remets ton rangement à plus tard et rejoins-moi…

Elle n'avait pas oublié l'épisode de Sydney, une expérience très excitante.

— Je ne devrais pas accepter, dit-elle. Tu vas encore profiter de moi.

— Et si c'était l'inverse ? répondit-il d'un ton rauque.

Kate n'était pas encline aux fantasmes torrides, mais son esprit surchauffé lui envoyait soudain des images très explicites. Elle se voyait armée d'une éponge savonneuse, qu'elle passait partout sur le corps de Blake. Absolument partout. Elle lui disait de se tourner d'un côté, puis de l'autre… Aucun pouce de chair ne lui échappait. Elle ne négligeait qu'un seul endroit.

Là, elle refuserait de le laver jusqu'à ce qu'il soit fou de désir et de frustration, jusqu'à ce que son érection soit douloureuse, et qu'il tremble violemment, aspirant à ses caresses. Alors, elle presserait l'éponge mouillée et chaude autour de son sexe… Il hoquetterait, gémirait, puis finirait par jouir, là, sous la douche. Son orgasme serait si vif qu'il devrait prendre appui contre la paroi, le souffle court, posant sur elle le regard brouillé d'un homme surpris par un plaisir aigu…

Bien sûr, cela ne se passa pas tout à fait ainsi. Blake n'était pas homme à céder aux caprices d'une femme. Il fut d'abord satisfait qu'elle lave son corps, s'amusant de voir qu'elle évitait son membre érigé. Mais lorsqu'elle le fit pivoter, il grommela :

— Je croyais que tu n'aimais pas les petits jeux ?

Quand elle lui demanda à nouveau de se tourner, son regard s'obscurcit, et il la saisit par le poignet, la contraignant à placer l'éponge là où il en avait envie.

— Tu sembles avoir perdu le sens de l'orientation, lui dit-il d'une voix enrouée.

Il la contraignit avec douceur au manège auquel elle se serait prêtée de toute façon mais, avant de jouir, il y mit fin et envoya valser l'éponge. Puis il prit le visage de Kate entre ses mains et l'embrassa jusqu'à ce qu'elle se noie dans un océan de désir. Ce fut elle, alors, qui se retrouva plaquée contre le mur, tandis que Blake tombait à genoux devant elle.

— Oh ! mon Dieu ! souffla-t-elle, car elle savait à quel point il excellait à ces caresses intimes.

Jamais elle ne pourrait résister, se retenir. Levant les yeux vers les pommes de douche jumelles, elle regarda jaillir l'eau en essayant de ne pas penser aux sensations délicieuses qu'il éveillait avec sa bouche et avec ses doigts, en essayant d'oublier ses spasmes de plus en plus violents…

Elle sentait venir la délivrance lorsque soudain, Blake s'écarta et se remit debout.

— Oh non ! s'écria-t-elle, frustrée.

Il se contenta de sourire.

— Ne sois pas si pressée…

Il coupa les jets, l'entraîna hors de la cabine et, saisissant une serviette, la sécha à grands gestes vigoureux avant d'en faire autant pour lui. Les cheveux de Kate étaient encore dégoulinants quand il la poussa vers le lavabo, face au reflet de son visage empourpré.

Elle aurait pu s'insurger, refuser. Mais elle ne fit ni l'un ni l'autre, sans bouger, tandis qu'il fouillait dans un tiroir et en sortait un préservatif.

Il la pénétra avec vigueur, et ils jouirent à l'unisson, plus fort que jamais.

Blake l'attira contre lui, alors qu'ils frémissaient encore. Jamais, même dans ses rêves les plus fous, elle n'avait imaginé que le plaisir physique puisse atteindre de tels sommets.

Elle fixa leurs reflets dans le miroir, et les mains de Blake qui, langoureusement, se promenaient sur ses seins, son ventre, s'immisçaient entre ses cuisses…

— Non, gémit-elle alors qu'il glissait un doigt au cœur de sa féminité.

Il ignora la protestation, et elle oublia vite de s'insurger.

— Tu es bien silencieuse, observa Blake pendant le petit déjeuner.

— Je réfléchis.

— À quoi ? demanda-t-il en la regardant par-dessus sa tasse de café.

— À mon bout d'essai, mentit Kate, tout en songeant qu'elle avait encore envie de lui. Quand aura-t-il lieu ?

— Sans doute lundi, dit-il entre deux gorgées. J'organise aujourd'hui la présence d'un acteur et la réservation d'un studio.

— Quel dommage que tu doives partir au travail !

Elle aurait aimé passer toute la journée au lit avec Blake. Faire l'amour avec lui. N'importe où s'il le voulait. Si Juanita n'avait pas été aux abords de la cuisine, elle l'aurait séduit tout de suite. Elle était nue sous son peignoir, et n'avait que trop conscience de la moiteur entre ses cuisses. Seigneur ! L'amour la rendait accro au sexe. Ou alors, ce n'était pas de l'amour, et elle se racontait des histoires…

— Il le faut bien, dit Blake. Je travaille sur plusieurs

projets qui exigent mon attention. Au fait, j'espère que tu as apporté les documents que je t'ai demandés ? Pas seulement tes références de l'INDA, mais aussi les critiques sur la pièce où tu as joué.

Kate cilla, arrachée à la contemplation de Blake, si beau et si sexy dans son costume…

— Pardon ? Oh ! euh, oui. J'ai même autre chose. Je me suis souvenue que le metteur en scène de la pièce avait fait filmer la répétition générale. J'ai pris contact avec lui, et il m'a remis une copie du DVD. Je voulais t'en parler hier, mais j'ai oublié.

— C'est génial ! Rien de tel qu'une prestation concrète pour convaincre. Cette captation pourrait tout faire basculer en ta faveur.

— À condition que je joue bien.

— Tu sais que c'est le cas.

— Je le pensais, soupira Kate, mais peut-être que les gens d'ici ne seront pas de cet avis.

— Ne pars pas sur des idées négatives. Cela ne mène jamais nulle part. Allons, viens avec moi, nous allons rassembler tous ces documents.

Après le départ de Blake, Kate passa un moment aux abords de la piscine, bavarda un peu avec Juanita, puis se rappela que Blake avait laissé à son intention, sur son bureau, un exemplaire du scénario pour qu'elle le lise, afin de l'aider à comprendre le rôle de son personnage dans l'ensemble du récit.

Emportant un café, elle s'installa sur le confortable canapé en cuir du bureau pour lire. Elle venait de commencer lorsque la sonnerie de son portable, abandonné sur la table de chevet, troubla sa concentration. Pensant que c'était peut-être Blake qui téléphonait, elle courut répondre.

Mais ce n'était pas lui. C'était Maddie.

23.

— Maddie ! s'exclama Kate. Comment se fait-il que tu m'appelles ? Tu es censée être en lune de miel !

— Lune de miel ? Tu parles ! Lachlan passe plus de temps au téléphone qu'avec moi. Son nouvel agent négocie un gros contrat pour lui. Un rôle à la James Bond, mais en plus sexy. En tout cas, ça l'excite beaucoup. Je ne peux pas en dire autant. Le cachet est fabuleux, mais les tournages auront lieu en Europe, et il prétend que je ne pourrai pas l'accompagner. Je suis censée rester à Sydney, comme une bonne petite épouse, fit en riant Maddie. Comme si c'était mon genre ! En tout cas, ce n'est pas pour ça que je t'appelle…

Kate ne devinait que trop bien ce qui motivait le coup de fil de sa sœur, qui continua :

— Je suis au courant pour ton départ à Los Angeles. Maman m'a tout raconté. Il paraît que tu es hébergée chez Blake Randall.

— Oui…

— Écoute, je n'ai rien contre. Je t'y ai même encouragée, non ? Mais Lachlan est atterré, et je me demande pourquoi. J'ai emménagé chez lui le lendemain de notre rencontre ! En tout cas, il tenait à ce que je t'avertisse de ce qu'on ne tardera pas à dire.

— Qui ça, on ?

— Les gens de Hollywood. Lachlan prétend qu'ils peuvent être mesquins et méchants. Qu'ils sont gentils en apparence, mais ricanent dans votre dos. Ils n'aiment pas qu'une inconnue comme toi soit traitée en star parce qu'elle couche avec le *big boss*. Il dit que tu n'as pas fait tes preuves et qu'ils n'apprécieront pas.

— Eh bien, merci pour la mise en garde, répondit Kate avec détachement feint.

Pourquoi Maddie ne pouvait-elle pas se réjouir pour elle ? Elle avait tout ce qu'elle désirait !

— Mais l'avis de Lachlan ne m'intéresse pas, continua-t-elle. Quant au fait que j'aurais été traitée en star… Blake m'a seulement proposé un second rôle, pas un rôle principal.

— Et tu n'auras pas de premier rôle. Lachlan dit qu'il couchera avec toi pendant le tournage et qu'il te quittera ensuite. Il dit…

— Je me fiche de ce qu'il raconte, la coupa Kate. Il est jaloux, c'est tout. Et peut-être l'es-tu aussi.

— C'est faux ! protesta Maddie. Je suis inquiète à ton sujet. Je ne veux pas qu'on te fasse du mal.

— Vraiment ? C'est pour cela que tu as séduit le seul homme qui m'ait jamais intéressée ?

— Je me suis déjà excusée pour ça.

— Tout en reconnaissant que tu ne l'aimes même pas ! lança Kate avec colère. Tu voulais mener la grande vie, paraît-il. Eh bien, j'ai une meilleure vie que toi, maintenant, avec un homme que j'aime, continua-t-elle sans réfléchir. Et il est clair que ça te déplaît souverainement !

Kate aurait sans doute continué sur sa lancée si Maddie ne lui avait pas raccroché au nez. Elle fixa le téléphone, partagée entre la frustration et la colère. Elle finit par l'expédier à la volée sur le lit, résolue à ne plus jamais adresser la parole à sa sœur.

Ce ne fut que lorsqu'elle reprit le scénario sur le bureau de Blake qu'elle s'aperçut que ses mains tremblaient. En fait, elle tremblait de tous ses membres. Soudain, elle fondit en larmes.

Kate se tenait sur la véranda, les yeux secs, lorsque Juanita, qui avait vainement tenté de la convaincre de manger un peu une heure plus tôt, se présenta de nouveau, l'air préoccupé.

— Le *señor* Blake vient de me téléphoner, dit-elle. Il a tenté en vain de vous joindre, votre mobile est coupé. Il a de bonnes nouvelles et demande que vous l'appeliez.

Kate soupira, mais n'esquissa pas un geste.

— Monsieur Blake est un homme bon, reprit Juanita, mais... Mais il n'est pas toujours patient. Je vous en prie... Si vous ne le rappelez pas tout de suite, il croira que je n'ai pas transmis le message.

Percevant l'inquiétude de la gouvernante, Kate se leva aussitôt, récompensée par un sourire qui lui fit honte. Cela ne lui ressemblait pas de manquer de considération. Elle s'excusa et se hâta de gagner la chambre pour rallumer son portable et appeler Blake. Il décrocha presque sur-le-champ.

— J'espère que je ne t'ai pas tirée du lit, dit-il d'abord.

— Pas du tout, je ne dormais pas. Qu'est-ce qui se passe ?

— J'ai regardé le DVD de ta pièce et je dois t'avouer que j'ai été plus qu'impressionné. Tu es extraordinaire, Kate. J'ai fait réaliser une copie du film et je l'ai fait porter à l'agent qui te conviendrait le mieux. Il m'a promis de le regarder dès cet après-midi et de me recontacter.

— Oh ! C'est une bonne nouvelle.

— À t'entendre, on ne dirait pas. Tu n'es pas très enthousiaste.

— Désolée. C'est sans doute l'effet du décalage horaire.

— Il faut que tu te reposes, alors. Je veux t'emmener dîner ce soir. Pour fêter ça. Ils t'accorderont sûrement un permis de travail quand ils t'auront vue dans cette pièce. Tu l'emporteras haut la main, chérie...

Kate n'avait envie d'aller nulle part. Blake sentit que quelque chose n'allait pas, bien sûr, et il ne tarda pas à lui arracher un récit circonstancié de ce qui s'était produit. Elle se garda seulement de mentionner ce qu'elle avait dit à Maddie au sujet de son amour pour lui.

— Je vois, dit-il. Et accordes-tu foi à ce que Lachlan a dit à mon sujet, cette fois ?

— Non...

— Tu n'as pas l'air sûre.

— Je... Je suppose qu'il a raison de prétendre que les

gens croiront que j'ai un rôle parce que j'ai couché avec toi, Blake.

— Tu ne peux pas passer ton existence à te soucier de l'opinion des autres !

— Sans doute. Mais j'aimerais avoir le sentiment de réussir en tant qu'actrice grâce à mon seul talent.

— Il ne t'avait pas menée loin au moment où nous nous sommes connus.

— Parce que je n'étais pas dans un état d'esprit positif. J'étais très affectée par la liaison de Maddie et Lachlan. C'est la pièce qui m'a permis d'échapper à ma mélancolie. Mais après l'interruption des représentations, j'ai perdu le peu de confiance en moi que j'avais. J'étais mauvaise aux auditions, je m'en rends très bien compte avec le recul. Maintenant, ce serait différent. Je ne les raterais pas.

— Alors, tu ne veux pas de ce rôle dans mon film, c'est ce que tu essaies de dire ?

Kate n'y avait pas réfléchi jusqu'à cet instant. Elle répondit alors :

— Il vaut mieux que je refuse, Blake. Désolée. C'est très généreux de ta part de me l'avoir proposé, mais… Eh bien, ça ne me semblerait pas juste, maintenant.

— Maintenant que ce fichu Lachlan t'a empoisonné l'esprit ! jeta Blake.

Kate ne pouvait pas nier qu'elle commençait à avoir des doutes sur sa présence chez Blake. Si agréables qu'aient été leurs ébats dans la salle de bains, ils révélaient que les sentiments de Blake à son égard étaient avant tout d'ordre sexuel. Sa générosité et ses attentions étaient peut-être factices — un simple moyen de parvenir à ses fins.

— Empoisonné, tout de même pas ! dit-elle avec lenteur. Mais il m'a donné à réfléchir.

— Tu aimes toujours ce salaud, hein ?

— Non, affirma-t-elle avec sincérité. Non. Je te l'ai déjà dit.

— Je sais que tu l'as dit, Kate.

Il ne la croyait pas !

— L'amour ne meurt pas aussi vite, grommela-t-il.

— Si, s'il n'était pas véritable au départ.

— Si seulement je pouvais le croire…

Le scepticisme de Blake horrifia Kate. Elle brûlait d'envie de lui révéler que c'était lui, son véritable amour, mais il ne l'aurait pas crue non plus.

— Je pense qu'il vaudrait mieux que je rentre chez moi, murmura-t-elle d'une voix tremblante.

— Non, sûrement pas ! Ta mère et ta sœur n'en ont peut-être pas l'intention, mais elles t'empêchent de vivre. Si tu rentres, ta famille te donnera le sentiment d'être une ratée. Et tu n'es pas une ratée, Kate. Tu es belle et talentueuse. Tu n'as pas encore eu l'occasion de percer, c'est tout.

Ces compliments flatteurs faisaient plaisir à entendre !

— Tu dois rester, continua Blake. Si tu ne veux pas du rôle que je te propose, eh bien soit ! Même si à mon avis, tu dédaignes une opportunité en or. Tu n'as pas conscience de ton talent exceptionnel. Bon sang, Kate, je donnerais n'importe quoi pour travailler avec une comédienne telle que toi. J'ai été époustouflé par ta prestation dans cette pièce.

— Mais tu m'as offert de tourner dans ton film avant de l'avoir vue, Blake, souligna Kate.

Il resta silencieux pendant quelques secondes, puis éclata de rire.

— Tu m'as ému. Tu fais vibrer une part de moi-même qui se laisse rarement toucher. Je ne suis pas connu pour mon empathie, ni ma compassion. Quant à la passion, la seule que j'aie eue pendant des années, ce sont mes films. Jusqu'à ce que je te rencontre. Je te veux passionnément, Kate. J'ai besoin de toi. Il n'est pas question que je te laisse repartir. Tu vas rester chez moi, mais pas comme invitée. Comme compagne. Quand tu auras ton permis de travail, tu passeras autant d'auditions que tu voudras jusqu'à l'obtention d'un rôle. Et quand tu auras réussi par toi-même, tu tourneras dans un de mes films. Tu en seras l'actrice principale. J'écrirai un scénario rien que pour toi !

Kate eut un soupir étranglé. Comment une actrice débutante aurait-elle pu résister à de tels propos ?

— Et si c'est l'idée d'être à ma charge qui te dérange,

ajouta Blake, eh bien, je tiendrai un compte. Tu me rembourseras dès que tu pourras. Qu'en dis-tu ?

— Pour le moment, je suis réduite au silence, lâcha Kate, envahie par une forte émotion.

Blake n'avait pas déclaré qu'il l'aimait, mais il tenait à elle. Passionnément.

— Nous n'allons pas tolérer que les autres gâchent notre relation, reprit-il encore. Nous avons un lien spécial, une complicité sensuelle. Tu n'es pas d'accord ?

— Si..., parvint-elle à dire.

— Alors, tu restes ?

— Oui.

Le soupir de Blake traduisit un vif soulagement.

— Oh ! tant mieux !

— Mais tu me promets que tu n'essaieras pas de me faire changer d'avis sur le rôle ? demanda Kate dans un regain d'inquiétude.

— Je te le promets. D'ailleurs, ce rôle ne te correspond pas. Tu mérites celui d'une véritable héroïne. Bon, je dois raccrocher, j'ai un rendez-vous important. Mais je serai à la maison à18 heures. Si ta sœur te rappelle, ne décroche pas.

— J'en suis bien capable.

— Bravo ! J'ai réservé une table pour 19 heures. Je ne t'emmène pas dans un restaurant branché, mais dans un petit grill où la cuisine est délicieuse. Tu n'as pas besoin de te mettre en frais, le Jimmy's est un endroit décontracté.

Après que Blake eut raccroché, Kate resta assise un long moment à réfléchir à leur conversation. Elle était fière d'avoir refusé qu'il lui apporte un rôle sur un plateau d'argent. Elle avait failli se laisser entraîner sur cette pente, pourtant ! Mais elle n'aurait jamais été satisfaite du succès qu'elle aurait remporté de cette façon.

Si elle ne se préoccupait pas beaucoup de l'opinion des autres, en revanche, celle de sa famille comptait pour elle. Un jour, elle serait peut-être comme Blake : détachée de tout. Mais ce n'était pas d'actualité !

Elle regrettait son éclat avec Maddie et envisagea de

la joindre, avant de décider d'en rester là pour le moment. Voyant qu'il était 14 heures passées, elle pensa accepter l'offre de déjeuner de Juanita, et se promit de se familiariser avec la cuisine afin de se débrouiller seule à l'avenir. Elle n'était pas habituée à avoir des domestiques. Si agréable que cela soit, elle n'avait pas envie de rester oisive. Elle avait l'impression d'être une maîtresse entretenue. Et elle ne voulait pas de ça !

Kate était tout à fait résolue à s'en tenir au marché conclu avec Blake, et à le rembourser dès que possible. Elle décida de s'informer sur les séries télévisées, car plusieurs jeunes acteurs australiens avaient trouvé du travail à Hollywood par ce canal. On appréciait les nouveaux visages et les nouveaux talents dans l'industrie télévisuelle.

Ayant ainsi déterminé sa ligne de conduite, elle glissa son mobile dans sa poche et descendit à la recherche de Juanita.

24.

— Désolé, je suis en retard ! lança Blake peu après 18 h 30 en grimpant l'escalier quatre à quatre.

Kate sortait de la salle de bains et, en la voyant, il s'arrêta net et l'enveloppa d'un regard gourmand.

— Tu es divine !

— Ce n'est pas trop décontracté ? s'enquit-elle en attachant des créoles en argent à ses oreilles.

Elle avait relevé ses cheveux en chignon souple, des mèches folles lui encadrant joliment le visage.

— Pas du tout. J'adore le mélange jean blanc et talons hauts. Et j'adore cette veste.

— Moi aussi, dit Kate, entrouvrant la veste en velours noir pour lui laisser voir le top sexy en soie argentée, qu'elle portait sans soutien-gorge.

— Tu as l'art de compliquer la vie d'un homme, soupira Blake, le regard brûlant. J'ai une folle envie de t'embrasser, mais si j'y cède, nous n'arriverons jamais au restaurant.

— Et ce serait une catastrophe ? lâcha Kate, dont le pouls s'était accéléré.

— Non, mais sans doute peu judicieux, car je suis affamé. Et ce n'est pas une bonne chose pour un homme qui veut faire l'amour à sa compagne pendant la nuit entière.

— La nuit entière ? s'écria Kate, troublée de plus belle.

— Absolument. Demain c'est dimanche, je ne travaille pas et j'ai annulé ma partie de golf matinale. Ce qui ne m'arrive pas très souvent ! Je suis accro au golf. Mais j'aime encore plus te faire l'amour…

— Oh…

Blake la regarda en plissant les yeux.

— Tu ne vas pas te mettre à pleurer, tout de même ?

Kate déglutit avec difficulté et se hâta de se ressaisir. Blake avait presque dit qu'il l'aimait. Elle en avait eu un coup au cœur…

— Non, bien sûr que non ! dit-elle.

— Tant mieux. Bon, je me douche en vitesse. Tout seul. Mais je n'aurai pas le temps de me raser. Ça ne t'ennuie pas ?

— Pas du tout. Cela te va bien. C'est sexy.

Blake s'enferma dans la salle de bains et se déshabilla en soupirant. Kate ne se doutait pas qu'il avait failli la dévêtir. Lui enlever ses vêtements si affriolants. Il avait misé sur le sexe pour la séduire, et son plan se retournait maintenant contre lui. C'était lui qui était envoûté, obsédé par elle, et si follement amoureux qu'il avait toutes les peines du monde à contenir un aveu.

Je t'aime ! avait-il envie de hurler. *Je t'aime et je veux t'épouser !*

De nouveau, l'idée du mariage avait surgi dans son esprit, et ça commençait à l'agacer. Il n'était tout de même pas obligé d'épouser Kate parce qu'il était amoureux d'elle ! De nos jours, le mariage n'avait rien d'une nécessité. Ils pouvaient vivre ensemble, comme il l'avait suggéré, et ce serait beaucoup moins compliqué.

Mais il n'y avait rien à faire. Il voulait l'épouser.

— Tu n'es qu'un imbécile ! grommela-t-il en s'avançant sous un jet d'eau glacée, histoire de se remettre les idées en place.

Car il était beaucoup trop tôt pour faire une telle déclaration à Kate. Il devait lui laisser encore du temps. Il fallait qu'elle oublie ce fichu Lachlan avant de pouvoir lui rendre son amour. D'ici là, il devait se montrer patient. Et ce n'était pas son fort.

25.

— Le Jimmy's va te plaire, dit Blake à Kate pendant le trajet. La cuisine est délicieuse, et c'est un lieu paisible, sans musique tonitruante. Ils n'ont même pas de piano. Il y a des boxes, alors on peut avoir une certaine intimité et discuter tranquillement. Je déteste les endroits où il faut hurler pour se faire entendre.

Kate approuva, et elle se sentit bien lorsqu'ils furent installés dans un box, loin de l'entrée. Oh ! elle aurait été heureuse n'importe où, du moment que Blake était avec elle ! Mais elle aimait la quiétude du lieu et son décor tout simple : murs blancs, parquet en bois, tables dépourvues de nappes.

Personne ne les avait dévisagés à leur entrée, même si les femmes présentes avaient admiré Blake. Elle ne s'en étonnait pas. Il était si beau en jean noir, avec une chemise en soie blanche ouverte au col et une veste noire légère. Cette allure décontractée, combinée à sa barbe d'un jour et à ses cheveux noirs un peu en désordre lui donnait cette allure de *bad boy* qui plaisait tant aux femmes. Et Kate ne faisait pas exception.

Décrétant que le vin blanc, qui avait la préférence de Kate, ne pouvait pas accompagner la viande, Blake commanda du vin rouge, et elle découvrit avec surprise qu'elle aimait ça.

— Je t'avais bien dit que ça te plairait, commenta Blake. Tu dois élargir ton horizon, Kate.

— Je l'ai déjà élargi de façon spectaculaire, tu ne trouves pas ?

— Que veux-tu dire ?

— Tu le sais pertinemment.

— Tu fais allusion à ton emménagement chez moi, je suppose. C'est ce que tu as fait de mieux. Tu perdais ton temps à Sydney.

— Ne doutes-tu donc jamais de rien, Blake ? soupira Kate.

Il la fixa, puis se mit à rire.

— Des doutes, tout le monde en a, dit-il. Mais il faut apprendre à les ignorer et à aller au-devant de son désir. Sinon, on regrette toute sa vie d'avoir manqué de courage.

— Tu as toujours agi de cette manière ? Tu es allé au-devant de tes désirs ?

— Presque toujours, oui. Je me suis fourvoyé une fois, mais inutile de t'en parler.

Kate supposa qu'il pensait à son divorce.

— Il t'a fallu du temps pour te remettre sur les rails ? lui demanda-t-elle.

Blake prit une grande gorgée de vin.

— Pas trop, mais j'ai éprouvé longtemps une grande amertume que je regrette aujourd'hui. L'amertume est aussi destructrice que la vengeance et elle ne mène nulle part. Il faut aller de l'avant au lieu de s'appesantir sur le passé.

— Tu veux parler de Claudia, n'est-ce pas ?

— En partie seulement. Le propos est valable en général. Je n'ai plus d'animosité envers Claudia. Je l'ai croisée à une soirée, la semaine dernière, et nous avons bavardé agréablement. Elle n'est pas si déplaisante, du moment qu'on n'est pas amoureux d'elle.

Kate ne supportait pas l'idée que Blake avait pu être amoureux de Claudia. C'était pathétique !

On leur apporta leurs plats — des assiettes bien garnies, avec un steak bleu pour Blake et à point pour elle, des frites, de la salade, du pain aux herbes.

— Je n'en viendrai jamais à bout ! s'écria Kate. Ce steak est énorme.

— Si tu l'avais demandé bleu, comme moi, il passerait plus facilement.

— Merci, mais je n'aime pas la viande saignante.

— Y as-tu déjà goûté ? Non ? Alors, comment peux-tu en être sûre ?

Kate consentit à en avaler une bouchée, et la trouva délicieuse. Elle était tendre, beaucoup plus que la sienne.

— Ah, tu vois ? fit Blake, content de lui. Tu ne devrais pas avoir peur de la nouveauté, Kate.

— Bien, chef ! ironisa-t-elle.

— On croirait entendre Carlos !

— Et moi, tu m'as rappelé un de mes anciens professeurs que je n'appréciais guère.

— Aïe…

— Comme tu dis. Alors, plus de leçons. Je ferai mon chemin, Blake. À ma manière.

— Tu es devenue une personne très indépendante, ces derniers jours, n'est-ce pas ? dit-il en la dévisageant.

— J'espère bien.

— Tant mieux. Cela me plaît. Et maintenant, mangeons avant que nos steaks refroidissent.

Kate s'aperçut qu'elle était affamée et mangea de bon appétit, à la grande satisfaction de Blake.

— Au fait, dit-il soudain, j'ai parlé à Steve, en fin d'après-midi, et…

— Steve ? Qui est-ce ?

— Steve Kepell, l'agent dont je t'ai parlé et auquel j'ai envoyé le DVD de ta pièce. Il a été aussi impressionné que moi. Par ton jeu et par ton physique. Il te trouve très photogénique. Mais il a suggéré que tu prennes des cours de diction pour te débarrasser entièrement de ton accent australien. Et il conseille aussi quelques séances de préparation aux auditions. Il m'a communiqué le nom d'un bon coach spécialisé. Je vais organiser tout ça dès lundi pour que tu commences le plus vite possible.

Soudain consternée, Kate se rembrunit.

— Pourquoi fais-tu cette tête ? demanda Blake.

— Blake, je suis désolée, mais… ça va trop loin. Tu en fais beaucoup trop. Et ce genre de préparation coûte cher. Je le sais.

— Mais je peux me le permettre, souligna-t-il, visiblement frustré. Mes films rapportent des fortunes.

— Ce n'est pas la question. On va dire que je suis une profiteuse, ou une croqueuse de diamants. Et je me soucie de l'opinion des autres, quoi que tu en penses.

— Pff ! fit Blake. Ils ne prétendraient rien de tel si tu étais ma femme.

— Ta femme ? s'exclama Kate.

26.

Pour un peu, Blake se serait giflé. Il venait de mettre les pieds dans le plat ! Mais, bon sang, il voyait lui échapper tout ce à quoi il tenait, et il ne le supportait pas !

L'air choqué de Kate lui faisait mal. De toute évidence, elle ne voulait pas l'épouser. Et si une part de lui-même se réjouissait d'avoir la preuve indéniable qu'elle n'était pas comme Claudia, l'autre part était plongée dans le plus profond désespoir.

Cependant, fidèle à son caractère, Blake refusa de s'avouer vaincu. Avec une volonté de fer, il s'arracha à ce naufrage et fit appel à son intelligence pour trouver les mots justes.

Adoptant une expression légèrement exaspérée, il reprit :

— Oui, je sais très bien ce que tu vas dire. Nous nous fréquentons depuis une semaine. Et on n'épouse pas quelqu'un qu'on connaît depuis si peu de temps.

— Je… Ce n'est pas du tout ce que j'allais dire, protesta Kate, rouge comme un coquelicot.

Elle aurait épousé Blake tout de suite, s'il l'avait aimée. Elle savait déjà plus de choses sur lui qu'elle n'en avait appris sur Lachlan en quatre ans. Au fond, c'était un homme bien. Attentionné, bon, et très doué au lit.

— J'allais dire, reprit-elle en se forçant à prononcer ces mots, que je t'épouserais uniquement si nous étions follement amoureux l'un de l'autre. Désolée, Blake, mais le mariage sans amour, ce n'est pas pour moi.

— Je vois…

Il l'examina, tandis que sa bouche s'incurvait en un étrange sourire.

— Même pas si l'un des deux était follement épris de l'autre ?

— Tu as téléphoné à Lachlan, hein ? Et il t'a tout dit. Ou alors, c'est Maddie. Je savais bien que je n'aurais jamais dû lui parler !

— J'ignore totalement de quoi tu parles, dit Blake. Il faut en effet que je règle les choses avec Lachlan, mais je ne lui ai pas encore parlé. Et à ta sœur, encore moins.

Kate cilla, puis comprit soudain ce que ces propos signifiaient. S'il n'avait parlé ni à Maddie ni à Lachlan, il ignorait qu'elle l'aimait. Donc, il avait forcément fait allusion à ses sentiments personnels ! Cette stupéfiante découverte lui donna un coup au cœur.

— Veux-tu dire que tu es en fait amoureux de moi ?

Il eut un sourire amusé.

— Oui, ma douce, je suis amoureux fou de toi. Est-ce si surprenant ? Bon, et si tu m'expliquais de quoi tu parlais à l'instant ? Au sujet de ce que tu n'aurais pas dû dire à Maddie ?

— Je… Je lui ai dit que je t'aimais.

Blake parut abasourdi.

— Tu m'aimes *?*

— Oui, je t'aime. Énormément.

Il la scruta, une expression émerveillée se peignant sur son visage.

— Je croyais…

— Je sais ce que tu croyais, reprit Kate, mais tu avais tort. Lachlan ne signifie plus rien pour moi. Pas plus que Claudia ne signifie quelque chose pour toi. Dès l'instant où tu es entré dans ma vie, j'ai su qu'il n'était qu'un héros de carton-pâte. Alors qu'avec toi c'est le grand amour.

— Il va falloir que je pense à utiliser cette réplique dans un de mes films !

— Ah, non, pas ça !

— Bon, si nous en revenions au moment où j'ai suggéré que tu deviennes ma femme ?

— Oh…

— Eh bien, qu'en dis-tu ?

Kate était terriblement tentée. Pourtant…

— Tu dois d'abord me faire une demande en règle, dit-elle. Avec une bague de fiançailles en poche. Et le mariage n'aura pas lieu avant que j'aie obtenu un rôle par mes propres moyens.

— Affaire conclue ! s'écria Blake, souriant jusqu'aux oreilles.

Et il téléphona aussitôt à Carlos pour qu'il vienne les chercher. Il n'oublia pas de lui demander d'amener Juanita. Passionnée de bijoux, celle-ci saurait lui indiquer le meilleur joaillier !

27.

Blake était allongé sur son lit, sa fiancée entre les bras, plus heureux qu'il ne l'aurait jamais imaginé. Il avait juré d'apporter le bonheur à Kate et il avait tenu parole : depuis une heure, elle ne cessait de sourire et d'admirer sa bague de fiançailles. Mais son propre bonheur allait bien au-delà de tout ce qu'il avait pu vivre.

Qui aurait cru qu'un cynique endurci tel que lui trouverait le véritable amour ? Et avec une actrice, qui plus est ! Cela ne manquait pas d'ironie mais, dans un sens, c'était logique. Avec qui d'autre aurait-il pu avoir tant de choses en commun ? Et qui aurait pu le comprendre mieux que Kate ?

Byron allait être surpris. Mais peut-être pas tant que ça. Depuis qu'il avait épousé Cleo, il était devenu un grand sentimental. Il se réjouirait certainement pour Blake.

Blake lui annoncerait la nouvelle dès le lendemain matin. En revanche, il ne téléphonerait pas à Lachlan. Si les rumeurs étaient vraies, Lachlan cesserait bientôt toute relation avec Fantasy Productions, de toute façon. Blake ne souhaitait même pas qu'il échoue dans sa nouvelle aventure. Où il réussirait sûrement, d'ailleurs. Il n'était pas nécessaire d'être un grand acteur pour jouer les super héros. En tout cas, Blake ne voulait plus avoir affaire à lui.

— Vas-tu arrêter d'admirer cette bague et accorder un peu d'attention à ton fiancé ? grommela-t-il, feignant la colère.

— Tu en as déjà eu trop, répliqua Kate. Je n'arrive toujours pas à croire que nous sommes fiancés.

Et elle tourna la main d'un côté et de l'autre pour mieux faire briller le solitaire de cinq carats qui lui ornait le doigt.

— Carlos et Juanita y croient, eux, dit Blake. Ils voulaient organiser une fête dès demain soir, mais j'ai refusé. Dimanche est leur jour de congé. Je nous ai réservé une table au Polo Lounge du Beverly Hills Hotel et, ensuite, je t'emmènerai dans mon country club préféré pour t'apprendre à jouer au golf.

Kate fit la grimace.

— Ce sera un fiasco. Je ne suis pas très sportive, tu sais.

— Forte comme tu l'es ? Tu excelleras, j'en suis sûr.

Et ce fut le cas. Kate ne cessa de sourire pendant le trajet de retour, qu'ils effectuèrent dans la Porsche de Blake.

— Je suis douée, hein ? dit-elle fièrement alors qu'ils rentraient chez eux.

— Très. Trop. Tu me battras bientôt. Enfin, peut-être pas. Mais tu pourrais battre Byron, concéda Blake.

— Ce cher Byron ! Il semblait content pour nous, au téléphone. Et pas du tout choqué.

— Byron ne se scandalise jamais de rien. Ce n'est pas comme les mères.

— Tu as prévenu ta mère ? s'écria Kate, abasourdie.

— Juste ciel, non ! Cela peut attendre jusqu'à ce qu'on soit mariés. Pareil pour la tienne. Comme ça, elles ne pourront pas nous gâcher le plaisir. Rien de tel que le fait accompli pour les neutraliser. Et rien ne nous oblige à patienter, tu sais. Nous pourrions très bien nous marier demain à Las Vegas. Qu'en dis-tu ? suggéra soudain Blake.

— Non, ce serait un peu ridicule. Tu veux un café ?

Un instant plus tard, ils étaient dans la cuisine et Blake, en sifflotant, sortait deux gobelets pendant que la machine à café faisait son office.

— Tout bien réfléchi, dit Kate, l'idée du mariage à Las Vegas me plaît assez. À condition que j'aie une vraie robe de mariée et toi un smoking. Pour pouvoir montrer de belles photos à nos enfants.

— Des enfants ! s'exclama Blake qui n'avait pas envisagé d'en avoir jusqu'à cet instant.

— Bien sûr. Tu en veux, non ?

Il réfléchit, et décida que oui. Kate serait une mère merveilleuse. Il n'était pas très sûr, pour sa part, de pouvoir être un bon père, mais il ferait de son mieux, comme toujours.

— J'aimerais bien en avoir, oui, mais pas plus de deux. Une fille ou un fils unique, ce serait peut-être même mieux. Aucun risque de rivalité, comme ça, acheva-t-il, pince-sans-rire.

— Eh bien, va pour un enfant ! Mais je te préviens, je pourrais changer d'avis et en vouloir six, finalement.

Blake se mit à rire et attira Kate entre ses bras.

— Le privilège des femmes, j'imagine. En revanche, je t'interdis de changer d'avis sur notre mariage.

— Comme si c'était possible !

— Redis-moi que tu m'aimes, insista Blake en la serrant contre lui.

Le regard troublé, elle murmura :

— Je t'aime, Blake Randall.

— Et moi aussi, je t'aime, Kate Holiday.

— Et si tu me le prouvais ? lança-t-elle, tentatrice.

— Et le café, alors ?

— Il peut attendre, non ?

Blake sourit puis s'empara de sa bouche.

Épilogue

Quatre ans et demi plus tard…

Assise à sa coiffeuse, Kate mit la dernière touche à son maquillage et tenta de dompter sa nervosité. La soirée était capitale pour elle. Et pour Blake. C'était la première du film qu'il avait autrefois promis d'écrire pour elle — un drame romantique dont elle était l'héroïne.

Jusqu'ici, Kate n'avait pas tourné au cinéma. Elle s'était consacrée à la série télévisée qu'on lui avait proposée, qui avait connu un énorme succès depuis plusieurs saisons. Et d'autres étaient en préparation.

C'était une série noire, où elle jouait Amanda, une veuve immorale qui changeait de mari à chaque saison. L'un avait été assassiné, l'autre était mort de mort naturelle, elle avait divorcé des suivants. Et elle multipliait les amants. Selon le producteur, on l'avait choisie au départ parce qu'elle était inconnue du public et n'avait pas le look d'une femme fatale. Ce qui maintenait le public en haleine.

Ses époux étant toujours des hommes riches, elle portait des toilettes superbes. Lorsque Kate était tombée enceinte à la fin de la première saison, les scénaristes s'étaient arrangés pour qu'Amanda le soit aussi… Mais en veillant bien sûr à ce que son nouvel époux ne soit pas le vrai père ! La série avait déjà remporté de nombreux prix.

— Dis maman, quand est-ce que je pourrai me maquiller ?

Kate sourit à sa fille, à travers le miroir de la coiffeuse. Charlotte — surnommée Charlie par Blake — était allongée sur le lit, levant vers elle sa jolie frimousse. Elle venait de fêter ses trois ans, mais paraissait plus âgée. Ce n'était pas une enfant gâtée, car ni sa nounou anglaise ni Juanita qui adorait la fillette ne la traitaient en princesse.

— Pas encore, ma chérie, répondit gentiment Kate à sa fille. Peut-être quand tu auras…

— Dix-huit ans, enchaîna Blake, péremptoire, en sortant de la salle de bains.

Il était superbe dans son smoking noir.

— Dix-huit ? cria Charlie en faisant une grimace à son père. Ah non, papa, tu exagères. Je trouve que sept ans, c'est très bien. Pas vrai, maman ?

— Il n'en est pas question ! tonna Blake, alors que Kate ne savait trop que répondre. À treize ans, passe encore. Mais pas avant !

Kate sourit en voyant la mine de sa fille — qui cachait mal sa satisfaction.

— Papa, tu es un gros vilain, soutint Charlie. Mais un très beau gros vilain.

Blake se mit à rire.

— Allons, ouste ! Sauve-toi vite, petit démon ! Maman et moi avons des choses à discuter.

Charlotte descendit du lit et détala en courant.

— C'est vrai que tu es beau, dit Kate en gagnant son dressing.

Blake l'arrêta au passage et tenta de l'embrasser, mais elle s'écarta, assurant qu'il allait gâcher son maquillage. Il protesta.

— Tu ne perds rien pour attendre, lui dit-il.

— Des promesses…

Elle passa sa toilette, beaucoup plus simple que celles qu'arboraient en général les actrices aux premières. C'était une longue jupe en crêpe de soie crème, avec une veste assortie resserrée à la taille qui s'évasait sur les hanches, flattant sa silhouette. Elle apporta une touche de glamour hollywoodien à ce tailleur presque strict avec une broche en diamants en forme d'étoile et des pendants d'oreille assortis, mis en valeur par l'élégant chignon qu'elle portait.

— Tu es sublime, dit Blake. J'adore ce tailleur. Où l'as-tu trouvé ?

— Je l'ai fait faire sur mesure. Je ne voulais pas d'une toilette comme celles que je porte à l'écran. Je désirais quelque chose de plus classe.

— C'est réussi. Et sexy quand même, commenta Blake.

— Assez de compliments, lui dit Kate. Sinon, je finirai par me laisser embrasser.

Et, en voyant le regard qu'il posait sur elle, elle se hâta de le repousser en riant, de saisir sa pochette et de se précipiter vers la porte d'entrée. Il soupira, et la suivit.

— Merci de garder Charlotte, ce soir, Juanita, dit au passage Kate à la gouvernante.

Blake avait fait réserver deux tickets pour la première à l'intention de la nounou de Charlotte, qui s'y rendait avec une amie. Juanita et Carlos avaient déjà vu le film lors d'une projection que Blake avait organisée pour jauger les réactions du public, et ils avaient adoré, comme tout le monde d'ailleurs.

Pourtant, Kate était très nerveuse. C'était son premier film, après tout. Elle était d'autant plus inquiète que les parents de Blake et les siens seraient présents à la projection. Il les avait généreusement invités, leur offrant un séjour de quelques jours dans l'un des bungalows chics du Beverly Hills Hotel, à quelques minutes de marche de la salle de cinéma.

Le quatuor avait fini par se faire à l'idée de leur mariage à Las Vegas, même si les parents de Blake et ceux de Kate n'en avaient guère été enchantés au début. La mère de Kate avait pronostiqué un divorce rapide, et les parents de Blake s'étaient écriés : « Encore une actrice ! La leçon n'a donc servi à rien ! »

Mais la naissance de Charlotte, un peu plus d'un an plus tard, avait aplani les choses. Ainsi que le succès croissant de Blake et de Kate. Leur visite à Sydney pour Noël, l'an passé, avait été une réussite totale. Charlotte s'était montrée adorable, et personne n'avait pu résister à son charme. Même Maddie s'était prise d'adoration pour sa nièce. Cette chère et incorrigible Maddie, dont le mariage avait pris fin deux ans plus tôt, après que les nombreuses liaisons de Lachlan avec ses partenaires eurent défrayé la chronique. Tout en faisant mine d'avoir le cœur brisé, Maddie avait été ravie d'obtenir une indemnité compensatoire et leur maison de Sydney, où elle s'était installée — non sans avoir renoué avec Riley, son ancien fiancé.

Quant à Lachlan, il ne s'était certes pas amendé. Mais il n'allait pas tarder à avoir ce qu'il méritait. Son dernier film, mal reçu, signait le déclin de sa carrière.

Kate savait que le métier d'actrice était un métier risqué, et que l'on pouvait cesser d'être populaire du soir au lendemain. Aussi était-elle dévorée d'inquiétude, malgré les compliments de Juanita et de Carlos, des fans des anciens films de Blake. Après tout, ils avaient peut-être menti pour la rassurer, au lieu de reconnaître qu'elle était mauvaise dans le rôle d'une héroïne romantique, si différent de celui qui l'avait rendue célèbre.

— Est-ce que ça va ? lui demanda Blake alors qu'ils se garaient devant la salle de cinéma, dont les trottoirs étaient envahis pas une immense foule et une cohorte de paparazzis.

— Oui, oui, je t'assure, lui répondit-elle pour ne pas faire peser sur lui son anxiété.

— Tant mieux, car il n'y a aucune raison de s'angoisser. Byron m'a téléphoné tout à l'heure. Il a visionné avec Cleo la copie du film que je lui ai envoyée, et ils ont été dithyrambiques. S'ils ne sont pas là ce soir c'est parce que Cleo est sur le point d'accoucher.

— Je sais. Mais n'oublie pas que Cleo et Byron sont de parti pris. Ils sont nos amis.

— Et des investisseurs très avisés. Quand il s'agit d'argent, Byron ne porte jamais d'œillères. Tu peux me croire quand je te dis que tu vas devenir une plus grande star que tu ne l'es déjà.

— Tu me le promets ?

— Je ne te le promets pas, je te l'affirme.

Là-dessus, Blake l'embrassa, et sa confiance et son amour détendirent un peu Kate. Elle trouva le moyen de sourire aux photographes, à ses proches voisins dans la salle, mais elle ne fut que trop soulagée de s'enfoncer dans son fauteuil alors que la salle sombrait dans le noir.

Enfin, le film commença, et elle crut qu'elle allait se sentir mal. Elle n'arrivait pas à suivre le fil du récit, elle ne pensait qu'à la réaction du public. Elle risqua un coup d'œil du côté de ses parents, assis à sa gauche. Ils semblaient absorbés par ce qu'ils voyaient, et sa mère avait la bouche légèrement entrouverte. Était-ce un bon ou un mauvais signe ?

Finalement, le générique défila sur l'écran. Pendant quelques secondes, un silence total régna sur la salle. Puis, un à un, les spectateurs se levèrent et se mirent à applaudir à tout rompre, à crier « Bravo ! »

Même Blake parut surpris par cette ovation debout. Et ému, car son père était de ceux qui applaudissaient le plus fort. Kate, elle, était presque groggy, et ses yeux se remplirent de larmes lorsque sa mère se tourna vers elle en lui disant :

— Oh ! mon Dieu. Tu es magnifique. Je suis si fière de toi !

Kate et Blake se levèrent pour accueillir le tonnerre redoublé d'applaudissements. Kate se tourna vers l'homme qui lui apportait ce triomphe. Et à qui elle devait tous les bonheurs de sa vie.

Se haussant sur ses talons, elle l'embrassa avec douceur, en murmurant :

— Merci, mon chéri. Merci pour tout.

Le regard de Blake débordait d'amour et d'admiration lorsqu'il prit la main de sa femme et la porta à ses lèvres.

— Non, murmura-t-il. C'est moi qui te remercie, mon ange.

Retrouvez en mai 2019,
dans votre collection

Azur

Promesses sulfureuses, de Kate Walker - N°4081

MARIAGE ARRANGÉ

Pour sauver de la faillite le haras familial, Imogen se prépare à contracter un mariage de convenance avec un homme qu'elle n'aime pas. Si sa raison lui assure qu'il s'agit là de la bonne décision, son cœur, lui, s'insurge. Chaque fois qu'Imogen pense à son trop gentil fiancé, c'est l'image du sulfureux Raoul Cardini, avec qui elle a entretenu une liaison, qui vient s'y substituer ! Et son trouble ne fait que s'accentuer quand son ancien amant s'invite à la noce…

Un ennemi si proche, de Michelle Smart - N°4082

Mieux vaut garder ses ennemis près de soi. Cet adage, Andreas Samaras compte bien l'appliquer, en embauchant la jolie Carrie au poste d'assistante personnelle. Derrière son joli sourire et son air innocent, se cache une redoutable journaliste d'investigation. Une journaliste qui a osé le choisir pour cible ! Par chance, elle ignore qu'il l'a reconnue, et Andreas est résolu à tirer profit de cet avantage, pour s'amuser à ses dépens…

Les terres du désir, de Maggie Cox - N°4083

Dessiner à l'ombre d'un bougainvillier, admirer les arbres en fleur : un plaisir inouï pour Lily. Depuis qu'elle habite le domaine de la *villeta*, c'est bien simple, elle se sent renaître, et heureuse ! Or, ce bonheur, Bastian Carrera semble décidé à le lui arracher, lui qui veut l'expulser pour récupérer les terres qui sont les siennes. Si Lily compte bien faire valoir ses droits, elle sait que la bataille sera rude. Non seulement Bastian est un homme d'affaires redoutable, mais il est aussi doté d'un charme ravageur qui ne la laisse pas indifférente…

L'otage de son cœur, d'Abby Green - N°4084

Nessa ferait tout pour sa famille. Aussi, le jour où son frère est accusé d'avoir détourné de l'argent, vole-t-elle à son secours. Mais alors qu'elle va plaider sa cause auprès de Luc Barbier, le propriétaire spolié d'un illustre haras, elle réalise à quel point la situation est critique. Sûr de son pouvoir et de sa séduction, Luc exige aussitôt de Nessa qu'elle travaille à son service, jusqu'à la résolution de leur conflit…

Baisers volés, de Melanie Milburne - N°4085

Audrey a les mariages en horreur. Tout ce champagne, ces petits fours et ces beaux discours, pour que le couple célébré finisse un jour par se déchirer ! Elle donnerait tout pour échapper définitivement à cette épreuve. Hélas, la voilà de nouveau désignée comme demoiselle d'honneur. Pire encore : parmi les invités de la noce se trouve Lucien Fox. Un homme qu'elle n'ose plus regarder en face depuis qu'il a rejeté ses avances – à deux reprises !

Dans le lit du patron, de Carol Marinelli - N°4086

COUP DE FOUDRE AU BUREAU

Cecilia s'est toujours targuée d'avoir la tête sur les épaules. Au travail comme dans sa vie privée, elle est du genre sérieux. Pourtant, depuis qu'elle est la secrétaire particulière de Luka Kargas, elle ne se reconnaît plus. Bien que l'homme d'affaires, exigeant, arrogant et séducteur, incarne tout ce qu'elle déteste, elle est follement attirée par lui. Au point qu'elle commet bientôt une folie, en partageant le lit de son patron…

Le pacte de Matteo Vin Santo, de Clare Connelly - N°4087

« Je veux passer une dernière nuit avec toi. » Voilà la condition que pose Matteo Vin Santo, pour accorder à Skye le divorce qu'elle lui réclame. Pourquoi son époux la torture-t-il ainsi, alors qu'il est à l'origine de l'échec de leur mariage ? Depuis leur rencontre, il n'a fait que la manipuler. S'il a uni sa destinée à la sienne, c'est uniquement pour récupérer le Grande Fortuna, l'hôtel que se disputent leurs familles respectives depuis des années. Folle qu'elle était, Skye a cru que Matteo l'aimait. Or aujourd'hui qu'elle aspire à recouvrer sa liberté, elle ne redoute qu'une chose : être à nouveau un jouet dans ses bras…

Le secret d'une fiancée, de Caitlin Crews - N°4088

SÉRIE : *ALLIANCES INTERDITES* - 2/2

Héritière d'une puissante famille, Sophie a été élevée pour accomplir son devoir, et épouser un jour un comte qu'elle n'aime pas. Cette vie dénuée de chaleur et de sentiments prend un tour inattendu, lorsqu'elle rencontre Renzo Crisanti, à Monaco. Frappée par un coup de foudre pour cet homme viril et sensuel, Sophie oublie tout auprès de lui, le temps d'une nuit magique... Mais la réalité la rattrape la veille de ses noces, lorsqu'elle se découvre enceinte...

La reine de Zufar, de Maya Blake - N°4089

SÉRIE : *LES ROIS DU DÉSERT* - 2/4

Épouser le cheikh Zufar Al Khalia ? Pour Niesha, simple femme de chambre, cette perspective est impensable. Et pourtant, son roi ne plaisante pas ! Parce que sa fiancée s'est enfuie le jour même de leurs noces, Zufar a décidé de faire de Niesha son épouse de substitution. Forcée d'accepter, elle est résolue à garder ses distances avec cet homme qui n'appartient pas au même monde qu'elle... Mais bientôt, c'est en tant que reine que Niesha se réveille entre les bras puissants de Zufar...

Une nuit royale, de Kate Hewitt - N°4090

Une nuit. Tout ce que la princesse Halina désire, c'est vivre quelques heures loin du palais, oublier son devoir royal ! Mais quand sa fugue l'entraîne dans une soirée mondaine, au bras d'un séducteur notoire, elle comprend qu'elle s'est égarée. Car si Rico Falcone ne lui promet rien d'autre qu'un plaisir infini, Halina est incapable de résister à cette liberté qu'il incarne. Grisée par le désir, elle cède à la passion entre ses bras... avant de se découvrir bientôt enceinte !

Un aveu saisissant, de Sharon Kendrick - N°4091

En apprenant que Constantin Karantinos, le célèbre milliardaire grec, est de passage à Londres, Laura sent son cœur s'affoler. Certes, elle n'a pas oublié qu'à l'époque, Constantin lui a clairement fait comprendre que leur histoire n'était pour lui qu'une aventure sans lendemain et qu'il n'avait aucune intention de la revoir un jour. Mais ne doit-elle pas tout tenter pour le rencontrer lors de son séjour londonien, et lui révéler, enfin, que de leur seule nuit d'amour est né un enfant ? Et que, aujourd'hui, ce petit garçon a besoin de lui...

Composé et édité par HarperCollins France.

Achevé d'imprimer en mars 2019.

CPi
BLACK PRINT

Barcelone

Dépôt légal : avril 2019.

MIXTE
Papier issu de sources responsables
FSC® C108412

Pour limiter l'empreinte environnementale de ses livres, HarperCollins France s'engage à n'utiliser que du papier fabriqué à partir de bois provenant de forêts gérées durablement et de manière responsable.

Imprimé en Espagne.